JN022288

ポム・プリゾニエール

煮ル果実

装画：小田島歩
デザイン：植草可純、前田歩来（APRON）
本文写真：PIXTA
DTP：山本秀一、山本深雪（G-clef）
校正：麦秋アートセンター
編集担当：熊倉由貴（KADOKAWA）

Special Thanks
明石（「トラフィック・ジャム」MV）
WOOMA（「紗痲」MV）
buōy（「ナイトルール」MV）

目次

さぁ　今度はどいつが犠牲者だ

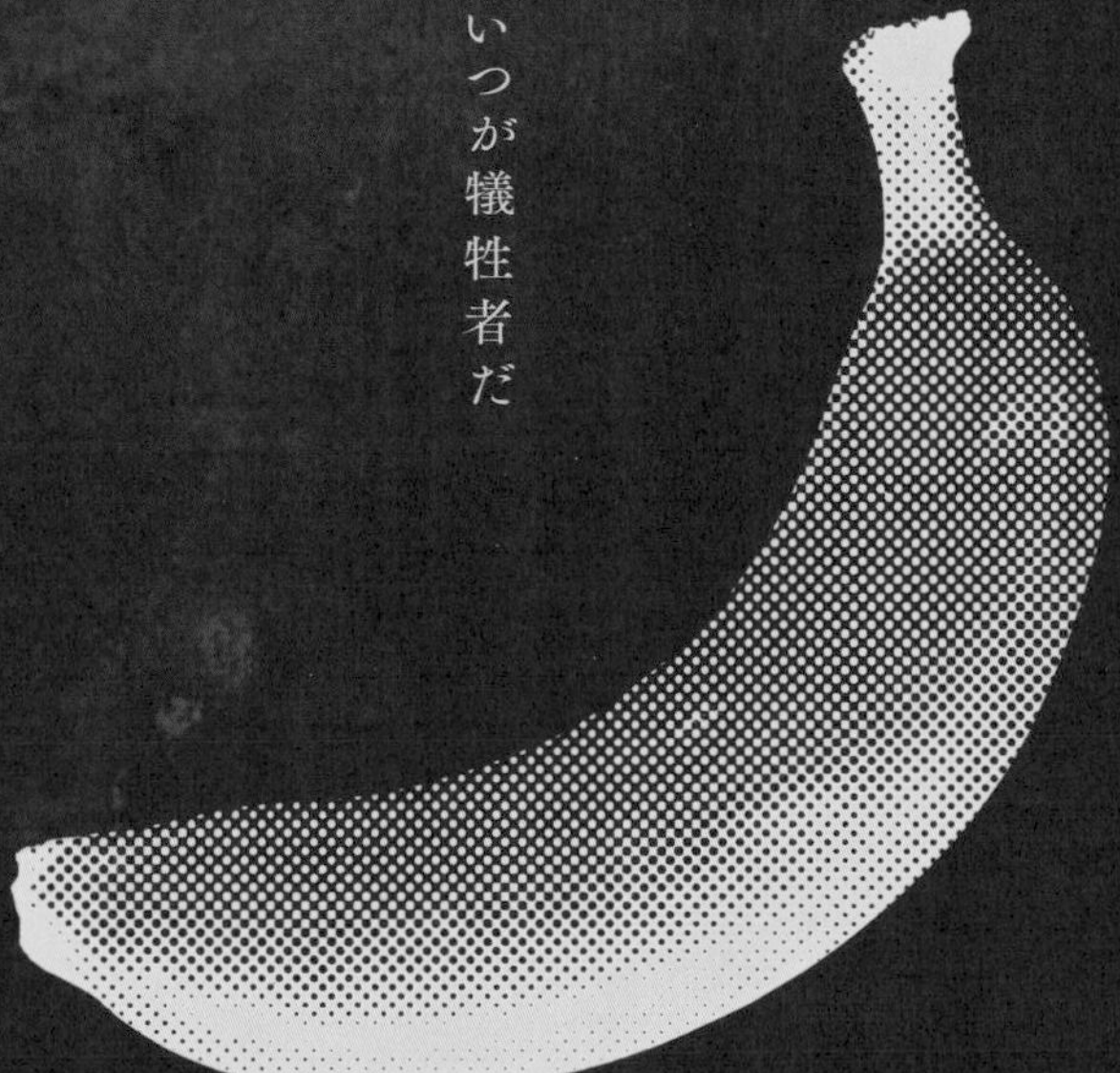

トラフィック・ジャム

TRAFFIC JAM

何の変哲もない鋼鉄の塊が、苛立ちを募らせた俺の身体を無遠慮に揺らす。

いつもと同じ調子の筈《はず》のシートベルトが、今日はやけに縛る様にきつく締まっているかの如く感じる。水垢《みずあか》が付着した窓越しに太陽光が目を刺し、思わず逸らした。今日は嫌味な程の快晴だった。芳香剤も置かれておらず快も不快も無い無臭の空間に、年式の古い車特有のアナログ盤の数字。時刻は正午を少し過ぎている。市が所有する公用車なんぞに華美な装備など必要ない、と暗に言われているかのような無骨さが癇《かん》に障る。

度々信号待ちが発生するが適度な交通量、特に遅れは無い。なのにこの車内で自身が陥っている若干の息苦しさは、きっと今朝の件やこの後控えている仕事の予定のせいだけでは無いだろう。自身のスマホに表示されたナビアプリの指示に従い、ハンドルを切ると同時に右ウィンカーを出す。

「先輩ー、合図出すの毎回やっぱ遅いですって」

隣に座る男の質量の無い声が狭い車内に響く。

ちらと目を向けると、20代前半である自信を存分に纏《まと》い洒脱な雰囲気を醸す魚顔の男が、カンニング犯のように背や首を曲げず、視線を自らの手にあるスマホに落としている。

「くだらないゲームしてるくらいならナビしてくれよ」

ウインカーのコチ、コチという安っぽい音が鳴り止む前に、俺は早口でそう言い切る。

「まあ、くだらねえっすけど」

けど、の後の言いよどみと鼻笑いが、あなたとのドライブで尚且つ無駄話してるこの時間の方がくだらないです、とでも続けたそうに思えた。

自分は過敏な卑屈屋だろうか。いや、この後輩とは思えぬ後輩と2年近く接して来た経験から導き出せる。

「あと何分くらいすか。ちょっとこの毎回のはらはらに耐えれそうにないっす」

助手席に座る後輩・佐竹《さたけ》は、相も変わらず視線を落としたまま、明るいとも暗いとも言えないトーンでそう発した。

「それよりケース記録に書くこともう決めたのか？」

俺がそう尋ね返すも、尚も奴はスマホから目を離すことはなく、ナビをする兆しも一向に見えない。

「勿論《もちろん》す。まあでも、別に何もないすよ。本人喋《しゃべ》れないし世話焼く人もいないし家族も衣服の提供以外ガン無視なので、看護師から話聞いて様子お変わり無くで終了っしたから。イージー案件す」

「気楽でいいな。俺はこの訪問から帰ったら米澤《よねざわ》さんと面談だから憂鬱なんだよ」

「ああ、あの人ね。いやーまじ大変っすね、同情します。まあ優秀で厳しい先輩の事だから何とか言いくるめちゃうんでしょうけど」

そうつらつらかつヘラヘラと吐く佐竹の指は、退屈そうに絶え間なく動いている。一々奴が発する言葉に含蓄された嫌味を執拗に探してしまう。それについては俺に非はなくとも問題はあるだろう。

「ホント、今日は気楽なもんでしたね。なんせ一年にたった一回の訪問で、今から美味いメシも行けちゃうんすから」

凝り固まってきたのか体勢を少し変えながら話す佐竹。その時、動きと連動してふわっと苦手ないい匂いがした。芳香剤が無いことを少し残念に思った。

日々ランチを近所のコンビニで済ますタイプの人間としては、勤務中市外に出張しメシ屋に行ける機会はそう多くないから確かに貴重ではある、が。

「メシも何処でも行ける訳じゃないけどな。公用車はただでさえ目立つからな。ドライブスルーなんかしてみろ、一発で市民から通報だ」

「まあ、そうなんすけど……あ、やっちゃった」

どうやらゲームの局面が悪い方へと運んだらしい。続けざま本人は何の悪びれもない小さな溜息《ためいき》と共にようやくスマホをスリープさせた。小さな苛立ちの泥が自分の中に積もって気管を塞いでいく感覚があり、やはり息苦しい。

「それにしても、さっき訪問した人。やべー事故起こして身体全く動かなくなって、若いのにたった独りで多分死ぬ迄入院なんて、〝可哀想〟っすよね」

そう言いつつ無意味にまたスマホの電源ボタンを押して起動させ時刻を一瞥している。一種の癖、フィジェット的な操作。その後、動画サイトを開いて流行りの短い尺の動画を観漁り始めたようだ。そんな『他人事』という言葉を体現したような男はぼそりと呟《つぶや》く。


今の俺達は、市の職員かつ生活保護受給者を支援する『ケースワーカー』として、入院中の保護受給者の様子を見に市外の病院へと訪問したその帰りだ。

状態次第で市外の病院に転院し、そのまま保護の受給を継続する人は珍しくも何ともない。諸々の条件が整えば〝移管〟という形で他市町村区に保護受給権を移すことも可能なのだが、今回のケースはそれに当たらず、毎日入院で様子を見てくれる看護師や医師もおり特に問題もない為、年に一度の訪問という優先度になっている。

『健康で文化的な最低限度の生活』を保障する為の最後のセーフティネット、とはよく言ったもので、今の日本では地方公共団体に頼る勇気さえあれば、生活は苦しくなるものの見捨てられ放置されることなく生きていける。

ただ、佐竹の言葉はそういう事を言いたい訳では無い。

俺はハンドルを左に切りつつ、今日訪問した保護受給者の様子を回想する。


摩背《まぜ》病院。古いがかなり大きな病院だ。その中の重症患者が集められるE棟のとある病室に、佐竹と俺はいた。

「瀧田《たきた》さん、ケースワーカーさん来られましたよ」

比較的若めの女性看護師が、ベッドの上でただ寝転がる男にそう語りかける。病室に入るや否や目に飛び込んでくるのは恐らく延命のための沢山の管、そして機械。反応は一切なく、正常な方向を向かないひしゃげた指と足、そして虚《うつ》ろでこちらを向かない目線。口だけが、反射なのか本当に辛うじて偶《たま》に金魚のように動く。

「瀧田さーん、こんにちはぁ。はじめましてー、佐竹と申しますー」

佐竹は応答を一切期待してない、俺と二人きりの時では確実に見せない偽の爽やかさとにこやかさを見せた。

軽く読ませて貰った記録によると、瀧田と呼ばれた患者もとい保護受給者は、24歳の若さで全身不随。原因は、深夜仕事帰りに酒気帯びかつ不注意運転で巨大な貨物トラックと正面衝突。

同業かつ助手席の同乗者は即死、自身は生き残ったが神経系がほぼ壊滅で動けも喋れもせず栄養を経口摂取も出来ず、ただ生きているだけの状態になっているとのことだった。

佐竹は出来る限り何事もないかの様相を貫き、瀧田さんとしっかり目を合わせられるよう立ち位置を変えつつ尋ねる。

「お身体大丈夫ですかぁ」

返事は当然なく。横にいる看護師の何とも言えない表情。

一緒に声掛けくらいしてもいいものだと思うが。新人だろうか。

数秒が過ぎる。

「また様子見に来ますねぇ」

貼り付けたような笑みを絶やさず、佐竹は優しげにそう言う。

様子を見に来る頃には、また一年後、つまり地区担当は違う人物に変更になっているだろう。

何とも形式的な声掛けだった。

最後に一度だけ瀧田さんに会釈して、病室から出た佐竹は小さな声で看護師と何やら事務的な話をしている。

俺はといえば免許を持たない佐竹の訪問のいわゆるただの付き添いで、奴を手塩に掛けて育てようとしている係長からの直々の使いっぱしりのご指名だった。庁舎に帰ってからの面談を思うと憂鬱だが、今だけは気軽になれる権利がある筈だった。

辺りを見渡す。病室は如何《いか》にも末期の患者のための場所という感じで、薬品なのか衣類なのか独特の匂いが混じって、俺にとってはあまり落ち着けるような環境では無かった。

そして何の因果関係も無いが、独りになると途端に佐竹への苛立ちが募る。

そもそも訪問時に公用車を運転出来た方が明らかに楽なのに、「自分健康志向なんで」と市内で自転車を乗り回す佐竹への課全体の評価は、若いのにしっかり考えてるねえという思考停止も良いとこの何とも味気ないものだった。

言葉の裏やら奥を読めば免許を取る金と時間が無い、と推論するは易しだというのに簡単に騙されて、皆揃いも揃って馬鹿なのだ。馬鹿ばかりだ。

あんたもそう思うだろ、という具合にベッドの上の瀧田さんを見ると。

ずっと別方向を見ていた目が、明らかにこちらを――俺の事を見据えていた。完全に目と目が合っている。俺は何かとんでもない事が起きているような気がして、唾を飲み込み視線を逸らせずにいた。

神経が尖《とが》り、肺あたりが急に冷たくなる感覚に陥る。

そして気付く。何だか、瀧田さんの瞳の様子が、変だ。

眼球における白目の部分がほぼ無く、異常な大きさかつ濃い漆黒の目になっている。

そう喩えるなら、何処の角度から見ても目が合う様なそんな錯覚を取り入れた絵画みたいに……見られることから逃げられない様な不思議な感覚。

そのまま見つめ続けていると何やら薄《うっす》らと、黒目の中に別の色の線が複数入ってるのが見えたような気がした。それはどこか記号的というか、本能に訴えかけるような。


そう、あれはいつも何処かで見る、色合いと組み合わせで——


「先輩ー、お待たせせっすー」

文字に起こせば明らかに長音符号が多用されそうな抜けた声で、俺ははっと我に返った。

一度視線をその声の主である佐竹に合わせた後、上擦った返事をして、再びベッドの方へ向き直る。

瀧田さんの目は、相変わらず虚空を見つめていた。

気持ち急ぎ目に病室を後にし、長い廊下を歩く。

「なあ。今、瀧田さんと目が合ってさ」

は？と佐竹は小首を傾げる。

有り得ないだろう、というニュアンスの相槌だ。

「先輩ー。それってもしかして……」

瞬時に神妙な顔つきになる。もしかして先ほど何か、看護師から聞いたのだろうか。もし体調や様子の変化について気付いた事があればすぐ知らせなくてはいけないなら、今すぐ戻って報告を……と考えた矢先。

心底つまらなさそうに笑いながら佐竹が、

「恋にでも落ちたんすか？」と言った。

言葉の代わりに深い溜息で返す。

「そんなに気になるなら担当替わりましょうか？」

「要らん」

「冗談す。先輩ただでさえ残業多いのにこれ以上ケース増えたら大変そうですからねぇ」

「お前がいつも定時に帰り過ぎてるんだよ。ちゃんと捌《さば》けてんのか？」

「いや、そもそも残業しないのが当然っすからね。寧ろ何で終わんないんすか？　先輩僕より楽な地区でしょ」

苛立ちを加速させるだけの無意味なやり取りの末、病院の駐車場に停めていた車の中に戻る。駐車券を捜していると、求められてはいないが話したくて堪らないという具合に佐竹がぽつりと呟く。

「先輩ー。さっきの瀧田さん、自分と同い年っすよ。同い年」

「だから何だよ」

「いやあ、なんかね。ちょっと悲しくなったんすよね。同じ年に生まれたのに諸々のタイミングや周囲の環境がちょーっと違っただけで、こんなに違う人生になるんだなって」

佐竹のその言葉に、どうしようもない薄っぺらさを感じつつも少しだけ驚いた。

普段から皆に頼られ褒められ慣れ、いつでもどこでも調子を崩さず『飄々《ひょうひょう》としているのに出来る自分』という風格に酔ってる奴。そんな自分とは良い意味でも悪い意味でも真逆の大層気に食わないだけの奴だと思っていたが、如何にもこの仕事を知り始めてきた勤続2年目らしい発想と言葉だなとふと思った。

そしてサイドガラスを数センチ開けながら、ふーっと相変わらず重いのか軽いのか解らないような溜息を吐《つ》いて。

「誰からも関わりたくないと思われて、見向きもされなくなる人生って、一体何なんですかね。どんな気分なんすかね」

その温度の無い言葉に返す者は無く。虚ろに宙に浮いたまま、回想の終わりと共に狭い脳内と車内を循環した。

世間では、地方公共団体の税金から捻出された金を支給される（勿論医療費入院費もそこから賄われる）生活保護受給者への風当たりは決して良いとは言えない。無就労者には特にだ。

それは、日々苦労して真面目に就労し生きている自分が馬鹿らしく思えてくるからなのか。大半の人間が彼らと関わりたくないと考えつつも、どうにかして揚げ足を取ってやろうとか悪いことをしたら罰を与えてやろうと目を光らせているのが、悲しいかな現状だ。

就労出来ないのは今日訪問したケースの様に基本的に身体や精神の病気など様々な問題が原因で、贅沢・賭博・パチスロ・暴力団との繋《つな》がりや借金等、いわゆるよく取り沙汰される『悪い人間』ばかりのケースではない。寧ろそういった人はごく一部で、殆《ほとん》どの人は生きていきたくても、様々な事情で世間から見放されて頼る人間もおらず金もろくに稼げず孤独や劣等感に苛まれてしまう。

そうして弱った人達を無事に自立した生活まで導く支援をするのが俺たちケースワーカーの仕事の本領……というのは建前で。この課で長く勤めていると、様々なケースに当たることで多かれ少なかれ心が荒んでいく。我が市の薄給と底がある己の優しさだけではとてもじゃないがやっていけず、時には相手に不快感を与えず器用に身を躱《かわ》す立ち回りが必須のスキルだと悟る。そして、自分があまりにも無力な存在だということも同時に解る。

そんな事を未だ深くまで突き詰めて考えられていないであろう、2年目の若きエースは手元に興じるものも無くなったからか、あー先輩ちょっとこれ見て下さいよと自身のスマホの画面を俺の眼前に持ってこようとする。

　乗車しているのが公用車だという事実をもう忘れたのか、鳥頭の後輩に苛立ちを隠さず「おい」と凄みつつ真っ正面から皮肉をぶつける。

「無免許の誰かの代わりに今運転中なんだが」

　一切気にも留めず、佐竹はとあるチャンネルを見せつけてくる。

　そこには、『ドンタゴス』という名前が書かれていた。

「この動画配信者のグループ知ってます？　僕まあまあ好きだったんすけど、最近大炎上してるんすよね」

　何故、とは聞かない。どうせ答えはすぐ出るだろうから。

「クイズ正解者にだけ、数万の高級ビュッフェ食べれるみたいなルールだったのに、撮影終了後に不正解者の奴もガッツリ食べてたのを他の誰かに撮影されてＳＮＳで暴露、それを皮切りに他の動画のヤラセ疑惑だとかメンバー個人の過去や悪評だとか取り上げられてもうお祭り状態っすよ。いやー監視社会って怖いっすね」

　どの人も、その人間の業や罪が許せないというよりは、自身よりも沢山の金を稼いで遊んで楽しそうに暮らしている奴が許せないだけだろう。そして、元々敵が多くてただの切っ掛けになっただけというのもある。そこに『正義感』という麻薬が結び付いて更に力を助長させるのが厄介なところまで、お約束だ。

「でも一番ヤバいのは、この情報を悪意詰め込んでうまいこと拡散したインフルエンサーの奴らとそれを持ち上げる信者っすよ。でもそんなんも大金に化けるとか正直羨ましいっすよね」

こういう話を聞くといつも羨ましいなよりも、たくましいなの感想の方が勝る。まずそういった話題には心底興味が無いし、そもそもこいつと会話をする気が無い。今の俺は、この後庁舎に帰って待ち受ける面談の予定に心配事のリソースを割きたいし、覚悟をしておきたいのだから。


それなのに、佐竹の喋りは停滞の文字を知らない。

「時に先輩ー。彼女さんとは最近どうですか？　上手くいってます？」

それに対し「知らん」と自分でも怖い程ぶっきらぼうに答えた。

話を変えるな、とは言わない。続けようと思った話題は一切無かったからだ。ただそれでも無理に断ち切りたい程には、最もしたくない話題ではあった。

「まだ結婚しないんすか？　なんか大学の時から付き合ってるんでしょ？　しかももうお互い30になるとか言ってましたよね？」

佐竹自身も少しムキになっているのか、無遠慮にずかずかと土足で領地に踏み込んでくる。

忘れようと思っていたこと。今朝、家を出る前の口喧嘩を少し思い出して、ハンドルを握る手に自然と力が入る。

「彼女さんも確か動画配信者なんですよね。彼氏にお堅い業務させて自分は家で好きなことして生きてるって事でしょ？　いいんすか、それで」

「何が」

「いや、普通に考えてそんなんで収入得れる程甘くないでしょ。先輩いっつも飲み会も行かず誰とも遊ばず無駄金も使わずじゃないすか。絶対彼女さんヒモみたいな感じになってるでしょ、耐えられるんすかそれで」

「好きに生きるが出来るのも一種の才能なんだよ」

それに対して返ってきたのは「ふーん」という気の抜けた反応だけだった。

なあなあで志も無いまま公務員の道を進んだ自分とは違う、と思うのは簡単だった。正論と推論のナイフで人を刺すのが趣味としか思えない佐竹の鋭利で純粋な文字列は、相変わらず大脳をつついてくる。

「何で僕がこんな話してるのかひょっとして分かってます？」

「分からん。もう良いから黙ってくれ」

「いや、マジで聞いた方がいいっすよ。先輩の未来を僕は案じてるんで」

本当に意味が分からないし苛立つしで、どうにかなりそうだった。この年齢になって望んでもないのに他人に未来のアドバイスを指し示される事ほど地雷原を踏み抜くかの様な行為はない。

ハンドルを握る手が痛くなってきた所で、佐竹は評判の飯屋を見つけたかのようなテンションで言葉を吐いた。

「実は先輩の彼女さんのアカウント、多分なんすけど特定したんすよね」

は？と一瞬何を言われているのか把握出来なかった。

ぞわぞわと血管の内部に鳥肌が立つような感覚と氷が臓器をゆっくり滑り落ちていく様な気味の悪さが、身体中を侵食していく。

「まあ多分なんですけど。これっすよね？『スミッシー』ってハンドルネームの配信者。この間本人が出てる企画の映像見てたら、先輩が同じように使ってる卓上扇風機あって、この間ペアで買ってるみたいなこと言ってたじゃないすか」

それだけじゃないんすよ、と捲《まく》し立ててくる。

「あと誕生日とか彼女さんが風邪ひいた時とかも有給取って休んでたりとか……あ、なんかそういうのも全部係長から聞いたんすけどね。あと入庁したての頃、先輩僕に一瞬見せてくれたじゃないすか、彼女さんの画像。それとかも全部明かしてる情報と照らし合わせるとなんか合ってて、うわーすげぇ特定しちゃったーみたいな感じで」

黙れ。もう黙ってくれ。

「なんかよく分かんないけど嬉しくなっちゃって。おすすめの動画、課のチャットに貼っちゃおうかなーって」

もういい。これ以上踏み込んでくるな。頭が沸騰してるかのようにぼーっとしてくる。ハンドルを握る手が、震え始める。

「……いや冗談ですって、顔怖。なに本気にしてんすか。する訳ないっすよそんなこと。まー要するに僕が言いたいのはですね」

彼女さん再生数も登録者数もそこまでだし、喋りも動画も何か微妙なんで――そう続けて言われるような気がして。

「ちょっと本当にどうにかした方がいいんじゃゃって横、横横、横！　先輩、横!!」

佐竹の突然の大声ではっと気付いた時、世界のすべてがスローモーションになった。

瞬時に認知出来たのは、サイドミラー、巨大なトラック、前は工事による通行止めの表示、咄嗟《とっさ》に切るハンドル。洪水のように押し寄せる情報がゆっくりと頭を巡る。

そして訪れるのは、金切り声、叫び声。砕ける硝子。

飛び込んでくる警備員を模した看板。

とんでもない衝撃と轟音《ごうおん》、脳や頬を切り刻んでいく。視界がブレる。全身の肉という肉が悲鳴を上げる。

体感数秒を経て、世界が止まる。

サイケデリックな色彩に歪《ゆが》む眼球の端に映るのは、隣で潰れてひしゃげた何かと。そしてその目。

目に映るのは――フロントガラスを突き抜けてそれに刺さる黄色と黒。その色のパターンは、さっき、どこかで見た気がした。

そうか、あの目だ。あの、動くはずも無い、合うはずが無かった目にあった色だ。思考が、剥がれ落ちていく。

ああそうか。これは警告なのだ。

〝警告色〟だ。

そう腑に落ちた瞬間、完全に意識の蓋が閉じた。

濁流のような吸息と共に、意識が覚醒する。

身体中の毛穴がすべて開いているかのような感覚。

じっとりとした大量の汗が、身体中を余すこと無く纏っている。喘鳴《ぜんめい》を繰り返す。噴火のような心音を、少しでも和らげようとする。


少し冷静になった耳に入ってくるのは、会話、紙の擦れ、煩《うるさ》い機械音——大分古い年式のシュレッダーの駆動音だ。聞き覚えがある。そして何かを打ち付けるようなカチカチ、と軽い音が定期的に入ってくる。ぐらぐらする視界で辺りを見渡す。そこは、見慣れて尚且つ見飽きた場所だった。

本庁舎2階、生活福祉課。自身の職場である。そして、今俺がいる場所は、紛《まご》うことなき俺自身のデスクだ。付箋が幾つも貼られたノートパソコン、なんの面白みもない真っ暗なスクリーンセーバーの画面、足元に積まれた資料とケース記録ファイル。明らかに先刻まで俺がいた証拠で、かつ現時点で俺がここにいる証明である。何故。鈍った脳で思考する。

俺は、先程。乗っていた公用車は、隣に乗っていた佐竹は。

黄色と黒は——

「ああ、やっと起きた」

フラッシュバックによる吐き気と共に耳に入ってきたのは、湿度を纏った声だった。

「ずっと寝てるからびっくりしちゃった。いつまで寝るのかなって観察してたら、あと10分でお昼だよ」

俺の所属する第二係のリーダーである磯内《いそない》係長はそう言って、芯が入っていないホッチキスを片手にカチカチ、と空打ちしている。

白のポロシャツに古くなったタワシのような質感の髪、弱々しい声に常時下がった眉、年季の皺《しわ》が入った気弱そうな笑み。そして癖なのかずっと手で弄んでいる文具。

紛うことなき自身の係の長が、隣から顔を覗かせていた。

「なんかしんどそうだね。もしかして罪悪感とか？　やっぱり夜眠れなくなったりするのかな、あれって……ああごめん、ちょっと不謹慎なこと言っちゃったかもな」

腰が低いと見せかけた粘度ある言葉の羅列。意味はよく分からなかったが、キツく咎《とが》める様子は無く、何故か多少申し訳無さそうな様子を浮かべていた。

磯内係長はこの比較的若手が集まる生活福祉課では年長者で、まだ勤続2年目ではあるが、仕事は可も不可もなくという感じだ。誰かを怒ったりする事は一切なく、強い意見も持たず周りに流されるまま、概ね皆からも『ホッチキスのカチカチ音が煩いのと偶に失言と保護受給者との面談から逃げようとする以外は、大方人畜無害な性格』という評価だ。以前居た土木関係の課でも、大体同じレビューで、あまり役立つ感じでは無いためずっと軽作業を任されていたと聞く。そのため何故、人事がこの課に彼を飛ばしてきたのか。その意図の理解に苦しんでいる。

部下からそんな風に好き勝手に評価されている事も露知らず、磯内係長は定期的にカチカチ、とホッチキスを空打ちしながら相変わらず弱々しい笑顔を真ん中に貼り付けている。

「あのさ、話は変わるんだけどさ。午後からのケース会議、ちょっと色々しなきゃいけなくて出れそうになくて、でも順番的に僕が司会なんだけどさ」

俺のただ事では無い筈の様子と今浮かべているであろう複雑な表情を見ても、係長はそういった厚かましいお願いを並べ立ててくる。普段からそうだ。低姿勢に見せ掛けて、こちらの都合など知ったことでは無い。そもそも司会をしているのをまず見た事が無いので、明言していなくても解る。いつも通りの、お願いだ。

「あの……わかりました、司会は代わってもいいんですけど……」

「ありがとう、ほんといつもありがとうね。助かるよ、課長から倉庫の片付け今日中って言われちゃってさ。まだ全然処分予定のファイルとか古紙、纏められてないんだよね」

空気の紐で縛るアクションをする。

「ああ、でもこれパワハラとかじゃないからね、後で課長に訴えたりとかは絶対無しね。まあ、いつもの冗談みたいなもんだから。ね?」

食い気味に笑いながらお礼を言って、いつもの末尾。〝冗談〟、これは磯内係長を象徴する悪いキーワードだった。

常に真剣さを纏わないことを良しとする、万事を冗談の枠内に無理に収めようとするのが堪らなく可笑しいだろうという彼なりのユーモアらしい。自分のこの所業や言動は、誰かを傷つける意図など無い、聞く人もその冗談の意味を広義に捉え受容してくれているだろうという認知を一方的に植え付け歪ませる。上司だから、年上だから何も言わないだけで、もう皆呆《あき》れて慣れ切っている。

正直、この人に何か直してもらおうとかこうしてもらおうとか考えるのは、既に諦めている。教えても特に響かず説教しても生産性は無いし、この歳で未だ係長な所を見ると将来性も特に無い。まあ別に何もしなければ人畜無害な存在なのだから。気にするだけ時間の無駄だろう。

俺は恐る恐る疑問を投げかける。

「あの……係長。自分、さっきまで摩背病院へ訪問に行ってましたよね？」

これに対し、手を放り出すジェスチャーと共に、ええ？といった表情を浮かべる係長。絶妙にコミカルで憎たらしい。

「参ったな、まだなんか夢でも見てるのかな。それ何の冗談？君は朝からずっとそこにいたけどね」

呆れるように、だが敵意無く笑う磯内係長。少なくとも、そこから嘘をついている雰囲気は感じられない。

一体どういう事なのだろうか。しかしながら、どう見ても今の状況は自他ともに認める、明らかに勤務中の自分だ。

磯内は付き合いきれんと言わんばかりにお茶を汲《く》みに、給水ポットの元へ向かった。その近くの棚に掛けられた札には、俺の名前が書かれていた。これは即ち、今日のポットに水を入れたり皆が飲んだ湯呑みを洗浄する係は自分だと示していた。

会議の司会と給仕係も重なる等、いつもならトイレに駆け込み誰も居ないのを確認して大きめの溜息や舌打ちをしてしまいたくなる所だが、今はもっと気になることがあった。

向かいのデスクが、もぬけの殻だった。不自然な程に、空白で。パソコンも書類も、何一つない。まっさらな机。そこには、必ず奴が居る筈だったのに。

これは、先程の不明なワードと繋がってくるのか。恐る恐る言葉を吐く。

「あの、すみません係長。もうひとつ聞きたいことがありまして」

「うん。なに？」

お茶を入れて戻ってきた瞬間の磯内係長に、尋ねる。

「佐竹は、どうしたんですか？」

瞬間。

俺と係長の間にあった温度が、一瞬にして零度以下まで下がったような心地が押し寄せた。今まで感じたことの無い感覚に、何かを間違えた、という曖昧な思考だけが俺の全身を支配し強《こわ》ばらせる。

しばらくの沈黙のあと、いやちょっとね、と磯内はぞっとするくらい冷たい言葉の入りを口から覗かせた。

「本当にヤバいね、君。それはさ、あまりにも酷いんじゃないかい？　本気で言ってるならさ」

僕が通ってた良い精神科病院紹介しようか？　と続ける。

明らかに冗談を言おうとしている時の顔ではない。いつもの貼り付いた粘着質な笑顔は消え、完全に引いている、あまり見た事のない表情。

数年前、いつも訪問時にマスクをしていく理由を尋ねた時、決まってるでしょ。保護受給者に顔を覚えられたくないからだよと冷たく吐き捨てた時と同じ様相だった。

「佐竹君はもう二か月前に亡くなってるでしょ。君の運転で、訪問の帰りに発生した事故のせいでさ」

利那、俺の身体中の細胞すべてが運動を止めたような感覚に陥った。

ただ脳内では反射で納得出来ないとは感じつつも、同時に不自然な程、理解が早かった。

やはりあの瞬間は、惨状は。幻では無かったのだ。

佐竹は、俺と一緒に交通事故に巻き込まれ、そして死んだ。

俺は助かって、何故かそれから時が経っていて、のうのうとここに居る事になるのだ。

じゃあさっきのは夢なのか？　実際にあった、過去の夢。

そしてこれが現実。後輩が自分のせいで死んだというのに無神経にも職場復帰した自分がいる、現実。

信じ難い事実を反芻《はんすう》する自分の脳を振り向かせるように、カチカチ、という音とともに磯内劇場が再び幕をあける。

「凄く優秀だったのにねぇ。度胸もあるし仕事も早い、福祉課の未来のエースだったんだよ？　いやあ惜しい人材を亡くしたよ。ほんとさ、佐竹君みたいな有望な子がどうしてって感じでさ」

カチカチカチカチ。

「ニュースにもなってさ、捜査では問題ないってなってるけど、みんな君の不注意運転が原因じゃないかって話題だよ。もうほんと勘弁して欲しいよね、僕の係にいる人がこんな図太い神経の持ち主とかね。ああもう、ほんとにね」

カチカチカチカチと。

息をつくも間もなく、ぞっとするようなテンションで。係長は捲し立てていく。佐竹の事を明らかに贔屓《ひいき》していた張本人とはいえ、ここまで妄信的なイメージでは無かった……筈だ。

だが、これは余りに異常とも言える反応だった。

絶え間なく手元のホッチキスが、感情が乗り移ったかのように空打ちのリズムを刻んでいる。

そして、急にカチッと。音が止まって。


「彼がそんな事になるなら。いっそ君が代わりに死ねば良かったのにね」


数秒。沈黙。

え？と。俺だけが、そう返していた。

沈黙に次ぐ沈黙。

他の誰もが、この状況と発言を聞いて、何も言わない。

さっきのは、中々の声量だった筈だ。それなのに。

近くに座っている同僚も、窓口の市民も、経理の人も、こちらのことは見向きもしない。

まるで、全人類の中で俺だけが異常に気付いている不思議な世界に迷い込んだような感覚だった。

本当に、あのただの気弱で、課長らに何か指摘されてもいつも文句ひとつ言い返せない、草臥《くたび》れた中年の何の変哲もない係長が。佐竹の代わりに、俺が死ねば良かったと言ったのか。今。にわかに信じ難い事だった。

　再度数秒。係長の冷たい目線は一瞬にしてパッとくしゃりと切り替わって皺の一部のようになり、いつも通りの笑顔を見せていた。

「なあんてね。いやいや、なんてね。これ、冗談冗談。いつもの冗談だよ」

ただただ、ずっと。顔は、笑っている。

再びじっとりとした嫌な汗をかき始めた俺の目の前に、静かに何かを差し出す係長。

それは、先程給湯室から汲んできたであろうお茶だった。

底が見えず藻が湧いた池のように濁っていて、それはもはや緑茶ではなく、〝抹茶〟の域だった。

「それ。濃～いお茶……なんつってね。いっぱい粉末入れたからさ、飲みなよ。目が覚めるよきっと」

　恐ろしいほど、何を言われても何ひとつとして頭に入ってこない。さっきの発言は、一体何なんだ。この部下への単なる気遣いと思われることすら打ち消す程の、あの衝撃は。

　悪い冗談なのだと、言い聞かせるしか無かった。どうにも頭が痛い。

「要りません」と言いたいところだが、絡みつく蛇のような視線のせいでとても言える雰囲気では無い。

すべての考えを掻《か》き消そうとグイ、と一気に茶を飲み干して。

その瞬間。明らかな異物が、俺の口内を突いた。

嘔吐《おうと》感と共に、堰を切ったように血液が熱を帯び、滾《たぎ》るのを感じた。茶とそれらを吐き出す。同時に持っていた湯呑みを落としてしまう。ばしゃりと飛び散る液体。

痛み。違和感。生の鉄の味。

その正体は、湯呑みから顔を覗かせていた。

大量の、ホッチキスの針。

「そもそもさ納得いかないんだよね」

顔から血が引いていくのと同時、係長の声が有り得ないくらい近い——耳元で響く。

「そういう事をさ。どうして。わざわざ君が、君自身がさ。そんな話を蒸し返すのか。僕はそれが、信じられないわけ。いやほんと、どういう神経してるんだろうなあって。〝彼〟に、そして大事な部下を失った〝僕〟に悪いとは思わないの？　気持ち悪いなあ」

カチカチ、と。俺の耳朶《みみたぶ》を空の筈のホッチキスが、やんわりと数回食み挟んでくる。いつもなら合わせる事の無い筈の瞳が、俺の方を怖いくらいにまっすぐ見据えていた。その様子が、眼前の黒い画面にぼんやり反射している。

「どうせ見下してんだろ、不出来な奴のことをさあ。なあ？　そうだろう」

顔が動かせない。唾も飲み込めない。興奮した係長の生温い鼻息が頬にかかる。

「ほんと苛つくんだよね。君みたいな奴が、ろくに他人に教えもせず大して知識や技術を遺しもせずに未来ある後輩の芽が萎《しな》びても水も蜜も与えず放置しそのくせ妬ましい気持ちは一丁前に、自分の保身しか考えずにのうのうと生きていく下衆で社会の屑《くず》というか世界の膿《うみ》なんだよ、そういう奴らと同族なんだよ。違うかい？」

誰か助けてくれ――と。そう叫ぶ前に、これまで聞いてきた中で最も大きいんじゃないかと思える様な、バチンという打音がした。

絶叫。

遂に俺は叫んだ。恥も外聞も捨て明らかに取り乱して、獣のように。右耳に走った激痛を。信じられない事をすべてを上書きするかのように。そして椅子から転げ落ちる。

逃げる。逃げなくては、と頭からつま先まで身体中がアラートを出して迸《ほとばし》っている。

「カラだと思った？　残念でした」

そうおどけて発した笑顔の係長が駆け寄ってきて、頭を摑まれる。瞬間、傍のデスクに顔を打ち付けられ激痛と共に目の前を熱い閃光が飛び散る。漏れ出た鼻血を見て、冷静さと思考が奪われる。

そして何処からとも無く取り出したもので、乱雑に何重も俺の両の手に巻き付け、目にも留まらぬ速さで結び目を作り、即席の手錠を作り上げた。これはビニール紐だ。古い新聞紙や雑誌を括るための、透明な梱包用の紐。何重も何周も、ぐるぐると念入りに今まで見せたことの無い機敏な動きで巻き付け、固結びされた。

両手が無抵抗となった俺を股下で高々と見下しながら、満面の笑みで。片手のホッチキスを、カチカチと鳴らす。

——殺される。

そう思った。もしかして、という仮定は無い。

抵抗しなくては、死ぬ。

もう奴は殺す気しかない。ずっと〝警告〟されていたんだ。

だって、さっき一瞬だけ見えた係長の目には。

黄色と黒の〝警告色〟が浮かんでいたのだから。

俺は恐怖から湧いてくる力の限り足掻《あが》き、藻掻《もが》き、係長の腹部を思い切り蹴り飛ばす。ごえっ、と人から出てはいけない様な音がその口から飛び出る。そしてその勢いで立ち上がり、窓口向こうの廊下に向かって走り出そうとした。

しかし警報のような咆哮《ほうこう》が聞こえると同時、自分の喉にとてつもない圧迫感が刺さった。危うく白目を剝きそうになる程の嗚咽《おえつ》に耐えられず、身体は地面に衝突する。

「屑、屑屑屑の古新聞紙野郎がよぉ。調子に乗んじゃねえぞ」

荒い鼻息混じりの濁り声を練り出す係長の両手には、ビニール紐の束が握られている。さっき俺の腕を固定したと同時に、首にもそれを軽く首輪のように巻き付けており、今は両方向へ引き張っていた。

「何でもかんでも縛ってきた窓際雑用歴25年で培った力を舐めるなよ糞ゴミが。お前も処分してやるよ、処分」

口調も表情も醜く成り果てた係長が、黄ばんだ牙を覗かせ泡になった唾と共にブツブツと何かを呟いている。

首吊りの時に使用するロープみたいな様子のそれが、俺の首をキツく縛り上げている。嗚咽と共に何とか紐を緩めようと、指を挟み入れようとするが、余りにもキツく締まっていて微塵《みじん》も隙間が生まれない。逝け、逝け、逝け、と。綱引きの先頭にいるかの様な必死さと滑稽さで自分自身でコールを唱えながら俺の肩に足を乗せ、凄まじい力で両手で紐を引っ張り続けてくる係長。その目が……〝あの二色〟の目が、蠢《うごめ》いている。口角から泡立った唾液が漏れ出ている。

死。シンプルで強い意味合いのその文字が、脳を駆け巡る。

脳がぼやける、視界が白けてくる。意識が遠のきそうになる。

結びを緩めることも出来ない。辺りにハサミも無い。

得体の知れない何かが、忍び寄り近付いてくる。

このままだと追いつかれてしまう。

巫山戯《ふざけ》るなよ。こんな何一つ意味が分からない状態で、息絶えてたまるか。

俺は咆哮と共に、高速で大きく顔を左右に振り動かす。同時に、両手で紐を擦る。喉が、焼き切れるように熱い。耐えろ。堪えろ。もうどうなってもいい、声を出せなくなってもいい。少しでも首を動かせ。擦り切らせ。

決死の足掻き、そしてブチ、ブチという感触と共に。

ビニール紐が完全に千切れる。刃を使わずともビニール紐は摩擦熱で至極簡単に切れると何処かで偶然知っていたのが功を奏した。もし紐がもっと念入りに何重にも重ねられていたら、恐らくこの程度の摩擦では切断できず、完全に詰んでいた。

途端に解放された俺は欠乏した酸素を急に取り込もうとして、激しく咳き込む。裂傷でひりつく喉を押さえふらりと立ち上がり再び出口に向かおうとすると、同じく立ち上がった係長に俺の身体を掴まれ、押し飛ばされる。激突した先は、大型業務用シュレッダー機だ。

係長はシュレッダーの駆動スイッチを力任せに叩きつけた。ごう、と鈍い音とともに起動する歯車。後ろから覆い被さるように身体を重ね、そして俺の両腕を勢い良く掴み、その古紙挿入口に、入れさせようとしてくる。抵抗するも、徐々に徐々に近付けられていく。存外に力がある。草臥れたただの中年だと思っていたのに、一体何処にこんな力があるのか。

力はほぼ拮抗していたが、俺は後頭部を思い切り後方へ振り切り、係長の側頭部に強打する。

こちらも同様だが、相当な痛さだったのか、係長が仰《の》け反って怯《ひる》んだことで両腕の拘束が解けた。ぐい、と縛られた両の手で磯内係長のネクタイを引っ張る。奴は不意をつかれたのかバランスを崩し、そのままシュレッダーへと倒れ込む。

「しつこいんだよタワシ野郎が！」

吐き捨て、ネクタイの先端を挿入口に差し込んだ。シュレッダーは古い年式のもの特有の無機質さで、ゴリゴリと鈍い音を上げて力強くネクタイを刻んでいく。どんどん歯車に顔面が近付き、食われていく抜けないそれを引っ張りながら悲鳴を上げパニックに陥る係長を尻目に、俺は。決死の攻防から抜け出し興奮状態の脳でも、改めて現状の異常さを理解した。

必死さで血走った視界に映る課の同僚は、窓口に来ている市民は。

皆こちらを見ている。だが、特に驚く表情も無い。

悲鳴も、指さしすらひとつもない。

ただ、永遠に、こちらを見つめている。

誰もが、冷たい目で見つめている。

それは、同じ目だ。磯内係長が、豹変《ひょうへん》した時の。

あの二色が……〝警告色〟が、蠢いていた。

何なんだ。何人だ。

誰が何人で、今俺を殺そうとしているんだ。

一体今この場所で、何が起こっているんだ。

すると後方、そして横から。デスクに座って静観していた筈の同僚達が立ち上がって無表情で、早歩きで近付いてくる。

次は俺達がお前を狩る番だと、言わんばかりに。

いつの間にか俺は、課を――そして本庁舎を脇目も振らず全速力で飛び出していった。


一心不乱に走り続け、庁舎最寄り駅前の警察署へと向かった。そこなら、今しがたあった事の相談及び、この手の紐をすぐに切って貰えると思った。

全身で警察署の硝子ドアに走ってきた勢いでぶつかり、倒れ込んでしまう。そんなただ事では無い俺の様子に驚いた署内で座っていた警官が、慌てて立ち上がりすぐさま様子を窺《うかが》いに来る。

「ちょっとあなた、何してるんですか！」

警官は大層吃驚《びっくり》した様子で、警戒心剝き出しで半開きのドアから姿を覗かせる。その判断は明らかに正しい。

こんなに服が乱れまくり手が縛られた、汗まみれで怪しい奴をすぐさま署内に入れるわけが無い。

助けて下さい、助けて下さいと。必死に、大声で、何の恥じらいもなく叫んだ。つい先程同僚達に、殺されかけたんだと。

そう言うと、警官は暫くの間動きを止めて目を細め、「成程」とだけ呟いて。

「詳しい事情は中で伺います。どうぞこちらへ」

スライド式のドアを全開に、俺の肩を支え、招き入れられる。そしてパイプ椅子に座らされる。

本当に分かって貰えたのか微妙なとこではあるが、これで、ひとまず安心だと——そう思った利那。

「少し確認したい事があるので、暫くそこでお待ちください」

そう言って何故か再び扉に向かおうとする警官の一瞬の表情を見て。いや、正確にはその〝目〟を見て。その手は、扉の『内鍵』に向かっていた。

退路を塞がれる。瞬時にそう判断した俺は警官を突き飛ばし、扉を開けて逃げ出した。

後方から追ってくる「待て！」という声を振り切ろうと必死に、駅へと走っていく。

変わった。警察官も、あの〝目〟になった。

あの〝目〟は、駄目だ。

警察も、なのか。何故。どうして。

もうこうなれば常識等守っている場合では無い、もし軽犯罪を犯したとて、正当な防衛かつ逃避で情状酌量があるだろうと、公僕らしからぬ思考と勢いのまま、改札機の上を、跳躍し飛び越えていく。当然周りの視線は俺に注がれ、改札で待機していた駅員が凄まじい剣幕で怒鳴り立てて来ているが、そんな事はどうでもよかった。

丁度到着した電車の、ドアが開く。飛び込もうと、駆ける、駆ける、駆ける。

そして、飛び込んだ車両の中。俺は逃げ切ったと全能感と解放感に満ちた表情を浮かべ、感じた、そして知った。

車内の人間が、全員。余すことなく。

俺のことを見据えていた。皆が皆。

あの、〝警告色〟の目で。

感じた、そして知った。

これが、絶望という感情なのだと。

そこからは自分でも不思議なくらい冷静だった。

扉が閉まる直前にすぐさま降りて、近くの階段を駆け登る。駅員や警察官、その他様々な人の声が飛び交う。急いで空いている線路に飛び降り、道端へと外れて、そのまま走り去っていく。幸か不幸かここの地区は現在の自身の担当地区で、尚且つ職場の最寄り駅付近なのもあり何度も足を使って訪問しているため、土地勘がある。誰も通らない狭い道だけでなく、目立たない隠れ場所もふんだんに知っているつもりだ。ひとまず、人気の無い廃れたアパートの横の小規模な広場、生えっぱなしの草に埋もれた物置の陰に隠れる。切れた息が大きく響くことがないよう、鼻呼吸に切り替えようとする。だが上手くできない。少しでも広場の近くに来られると、間違いなくバレる。ここまでほぼ休むこと無く全力疾走してきたのは、正直運動不足かつ年齢的な部分で応えるものがあった。

しゃがんでみると、まず物置を支えるコンクリートブロックが丁度良いところにあったので、手を縛るビニール紐を擦り付けて切断した。ようやくいつもの状態に成ったとはいえ、体力は明らかに削られていた。

特に、喉の痛み。少し触ってみるとズタズタの傷が入り、肉がえぐれている事が解る。そこに汗が染み込んで今まで感じたことの無い、耐え難い痛みと化している。思わず小さく声が出てしまう。叫びすぎたからか、咽喉にも擦り切れるような痛みがある。外も中もボロボロだ。

そんな泣きそうになる程の苦痛に耐えつつも、現状の整理をおこなう。自身の手持ちは、定期入れ兼財布と、スマホ。スマホはいつの時の衝撃か解らないが、画面の上部がひび割れていた。だが使用には問題ないようだ。よく見るとこれは自身が今まで使っていた型番のものとは違うものだった。電源ボタンを押して待ち受けの時計盤表示を見る。

本当に、あの事故を起こした日から二ヶ月。正確には66日の時が経っていた。そして、それまでのことを、自分は一切覚えていないのだ。その間の記憶がすっかり抜け落ちている。そして、その間に世界が変わってしまっていた。

恐らくこのスマホも、その事故で以前の型番が大破し、新しく買い替えたと考えると辻褄が合う。

この世界は何なのか。夢にしてはリアリティも、痛みもあり過ぎる。だがあまりにも理不尽に現実離れしていて、荒唐無稽だ。何故、あの大人しい筈の磯内係長が突如豹変し、俺に危害を加えようとしたのか。

確かに、記憶が抜け落ちているとはいえ自分が原因の事故で後輩を亡くした癖にあの質問は無神経であったと思う。だが、その後訪れたあの異常なまでの暴力性は、そして口調も雰囲気も、どうも理屈だけでは説明出来ないだろう。そして同じような〝警告色〟の目をした人々。あれらは皆自分がどれだけ傷つこうとも、犠牲を払い人生が滅茶苦茶になろうとも、俺が何処までも地獄の果てまでも逃げようとも確実に見逃さぬように。そして何らかの危害を加えようという——そんな意志を孕《はら》んでいる風に見えた。

改めて自分の身に起こっている事の異常性に身震いしつつも、ロックを解除しホーム画面に移ると、トークアプリの通知が13件も溜まっている。開いてみるとそれはすべて一番上に表示された、『澄子《すみこ》』の名前から来た着信やメッセージ。

ドクン、という音を心臓が鳴らした気がした。

事故のあった日。あの朝、俺と澄子はこんな生死を分けるような出来事に巻き込まれた今となっては、本当に心底下らない内容の喧嘩をした。

俺はつい先程あったかのように鮮明にあの時の憤懣《ふんまん》を思い出せるが、この世界の澄子からすれば、あれはとうに二ヶ月前の出来事であるということだ。それに、俺が佐竹を死なせてしまったこと……そして、俺自身も入院や取り調べなど諸々経た上で、別れず未だにこうして同棲を継続し連絡も取り合う関係であることを考えると、現状自身の一番の味方である可能性は高い。

トーク画面を開くと、大量の着信と何の絵文字もない素っ気ない文章で『すぐに電話頂戴』とだけ書かれていた。

すぐさま『ごめん、諸事情で電話出来ない、どうした？』と書き込みメッセージを送信する。

数秒で既読がつく。

『アラン、大丈夫？』

こんな状況となっては、苛つきの原因のひとつであったその〝愛称〟も、許そうという気にもなる。続けざまメッセージが届く。

『職場から連絡来たよ、家に帰ってないかって。何かあったの？』

それを見てゾッとした。奴らは、明らかに俺を捜している。

『あとできちんと説明する、緊急で助けて欲しい。今からある住所を送るから、そこまで車で迎えに来て欲しい』

すぐに、返信が来る。

『わかった』

急いで現在地から取得した住所を送ろうとメッセージを打ち込んだ時、ふと頭によぎった。

澄子も、あの〝目〟の人間だったらどうする？

現状、それを完全に把握出来る材料が無い。

もしそうだった場合、家族も数少ない友人も誰もが疑わしい。安息の地は——そして、信頼出来る人は誰ひとりいないということになる。

グッ、と送信ボタンを押し留まった指の行き場を探してみる。

自身が起こした事故。それについて急いで検索を行う。

何件も何件もヒットする。うんざりする程の数、ニュースで纏め上げられている。

死亡者1名、重傷者5名、俺が運転した車の衝突を起点に、連鎖的に後続車等や歩行者にも被害が及んだらしい。そこに、公務員が起こした事故という情報が乗っかって更に話題になった様だ。自分の名前は配慮からかニュース内には出てこない。

しかしながら、当たり前かのように誰かによって特定された情報として、ＳＮＳや大型掲示板で拡散されているようだった。

誰が貼ったのか学生時の顔写真、そして出身校や職場の情報、家の住所に至るまで事細かに掲載されている。

それに触発され書かれる文字列は呆れ、憤怒《ふんぬ》、厭悪《えんお》。もし自分の事じゃなかったとしても見ているだけで吐き気がするような、人格を丸ごと否定するような言葉達。顔も合わせたことの無い、無味な文字情報と数ピクセルの粗い画質の顔写真だけでしか俺を知らない人間達が、虚空に向けて攻撃を放っている。

そして、一際注目が集まっている投稿がトップに上がっていた。それにはいつ撮ったのか俺が机に突っ伏している写真、そして顔がしっかり写っている写真、磯内係長のネクタイをシュレッダーに入れ込む場面の写真等が貼られていて、「勤務中居眠りをしているのを咎《とが》めたところ、逆上し上司である私に暴行を加えて現在逃亡しています。もし見つけたらすぐ私にDMか警察にご連絡を #拡散希望 #決して許さない #正義の鉄槌」

と書かれていた。位置情報もしっかり載せられている。

時間を見るとつい先程の投稿にも拘《かかわ》らず、凄まじい拡散数だった。

投稿主のプロフィールを観に行く。フォロワー数は5万程。しがないサラリーマンの独り言、ライフハックや愚痴大会を定期的に開催していると書かれている。アイコンには、ホッチキスの写真。誰なのかを確信した。

その呟きに乗じて、返信欄には何度スクロールしても見切れないほど大量の俺の情報や罵詈《ばり》雑言《ぞうごん》、係長への同情と慰めの言葉が書き下されていた。

肝が冷える感覚と同時、足元で物音がした。猫だ。

何の変哲も無い、何処にでもいるようなただの三毛猫。首輪は無い。ここら辺に住んでいる野良だろうか。物置の陰に隠れる俺のところに、何故わざわざ近寄ってきたのか。もしかすると、ここが縄張りなのかもしれない。猫の界隈《かいわい》にそういった概念があるのかどうかも不明だが。

何処かへ行け、という具合に足の先を振る。その瞬間、猫と目が合う。

そして、硝子玉のようなその〝目〟を見た。

刹那、俺はその物置の陰から飛び出して。視界に映る広場の光景は、信じ難い程大量に集まってきた野良猫の群れ。10匹ほどいるだろうか。

ぞろぞろとゆっくり近付いてくる。ただただ向かって来るのでは無い。怒気を孕んだ様子で、俺を追い詰めるかのように歩を進めてくる。

途端強烈に気味が悪くなって、駆け出す。広場から抜け出すと、ただならぬ様子の住民がいた。こちらを指差して大声で叫んでいる。

「くそっ、何でもかんでもあの〝目〟しやがって！」

住宅街を駆け抜ける。後ろから、何人かの人間が追いかけてくるのが見える。明らかに、俺を追って来ている。全員が何か得体の知れないことを叫びながら手に何か大きめの道具や農具を持って全力疾走で追い掛けてくる。

ここまで開けた場所だと、逃げも隠れるも困難だ。何処かで上手く姿を晦《くら》まして撒《ま》くしかない。

民家の脇にある小山のような傾斜を上り、林の中に入る。ジャケットを脱ぎ捨て、靴も服も肥沃な土塗れになりつつも気にせずそのまま駆け上っていく。ここを上れば広めの林が広がっている。奥には神社があるが、基本的に無人で平日の昼間なら参拝客も少ないし、何処かで出くわすことも無いだろう。とにかく今は身を隠す場所を探して、ひとまず夜になるまで一心不乱に逃げ続けるしかない――その思考は、すぐさま踏み躙《にじ》られた。

眼前に現れたのは、人だった。振りかぶっているのは、シャベル。斜面の上で、待ち構えていたのだ。

そこからはあっという間だった。

ごいん、と鈍い音が左腕からして、その衝撃で全体のバランスを崩し、転倒。揺らぎ巡り回る視界。激痛、滑り落ちる。次の瞬間、視界に入ったのは複数人の顔……そして警告色の目だった。

皆が皆覆いかぶさり、手も足も取り押さえられる。

猿轡《さるぐつわ》をされ、あっという間に身体中を頑丈な紐で縛られ、引きずられていく。

近くに停められていたワゴン車に乗せられ、左右に男二人が座る。乱暴にスライドドアを閉められ、エンジン音と共に車内が微弱に振動を始める。自分自身はつとめて冷静になろうと黙りこくっているつもりなのに、肩の痛みと脈動が余りにも喧《やかま》しい。

これは、紛うことなき誘拐だ。どうする、どうすればいい。何処だ、何処に連れていく気だ。思えば俺を狙う警告色の目の猫が大量発生した時から既におかしい。こんな、統率が取れた動きが一市民たちに出来るなんておかしい。そして、何の躊躇《ためら》いもなく暴行を加えてきた。すべてがスムーズで、示し合わせていたとしか思えない様な動きだった。

到着は、予想外にすぐだった。何処かは勿論、即座に解った。ここは地区公民館だ。俺も、民生委員やその他役員との集まりで開催されている自治会へ挨拶と地区担当の報告のため何度か訪れている。男二人は乱暴に俺を車から引きずり下ろし、すぐさま部屋の中へと放り込まれた。そこでは俺を待ち構えていたという風に、あの〝目〟をした人間達が数人集まっていた。

その衆目に晒される形で真ん中に座らされ、ナイフの代わりなのか園芸用スコップを顔の横で突きつけられたまま猿轡を外される。大声を出すのは雰囲気的に止めた方が良いと、猿でも解る状況だった。

新鮮な筈なのに何処か澱《よど》んだ空気が、口内を乾かしていく。

「ああ、あんた方ご苦労さん。大変だっただろ。そっちで冷たい麦茶いれてあるから休憩がてら飲みな」

目の前でそう発したのは、間違いなく俺の担当地区の民生委員、芳村《よしむら》さんだった。いつも話をすれば、現場作業で鍛えられたと自分からよく話題にするだけあって老齢の割にしっかりした体付きと、彫りの深い顔と鋭い眼光。地区内の市民だけでなく生活保護受給者に対しても言動に厳しさはありつつ、面倒事でも逃げずにしっかり対応してくれる、頼り甲斐のあるイメージの人物だった。

なのに、何故。身体の震えを必死に抑えようとしながら、恐る恐る問い掛ける。

「何で……こんな事をするんですか。僕があなた達に何か恨みを買うような事をしたんですか」

「ああ、したな」

予想外の即答。次のこちらの言葉が喉で詰まって出てこない。

「あんたの存在はね、危険因子なんだ。あんたみたいに感情ばかりで動き人をいたずらに傷付ける悪人が近くに居るという事実だけで、平穏に暮らしているだけのおれ達の心は常に休まらず、ささくれが立つんだ。だからこうして取り除くのさ」

自分達は正義だ、と。そしてお前は悪だ、と。

頑として、そう信じて疑わない態度が台詞のニュアンスに滲《にじ》み出ていた。

「いつから、これを計画してたんですか。一体、これは何なんですか。どこからあなた方の仕業なんですか」

「あんた、おれ達のことを、やくざ者だか怪しい宗教団体だかテロ組織だとでも思ってるのか？」

「違うんですか。あの変な様子の猫達も、あなた方が何かしたんでしょう。洗脳か何かですか」

「猫？　ああ、木村《きむら》さんとこのやつらか。あのばあさん、独り身で寂しいからってしょっちゅう野良猫に餌《えさ》やりまくって家に上げてんだよ。よくニュースとかゴシップ観てるから、その時に猫共にあんたの顔でも見せたんじゃないか。ははは」

冗談と共に乾いた笑い声を出すも、当然ながら目は笑っていない。警告色が蠢いている。芳村さんは先程の様子から一転しドスの利いた声で俺の鼓膜を突き刺してくる。

「いいか、おれ達はあんたが許せんだけよ。いまテレビつけてみろ。あんた今ニュースで引っ張りだこになってんぞ。さっきもここで皆で話し合いしながら見ててな、すぐに全会一致であんたを懲らしめようという事になったんだわ」

その言葉に呼応するように、周りの全員が俺を見下しながら頷いている。

何故、何故なんだ。本当にそれが事実だとしたら、何故そこまで大事になっている。俺はたかだか上司に正当防衛で抵抗して、無賃で改札を越えて乗車しようとしたり線路に降りたぐらいだ、と思ってしまう。確かに普通に考えると異常な行動ではあるかもしれないが、そんな緊急のニュースにされるような事だろうか。それを言うなら自分以外の人間たちの異常性をまず取り上げるべきだろう。

そんな思考も虚しく、芳村さんの口から飛び出した言葉は、ただただ信じ難い事だった。

「あんた、逃走中に人を殺したんだろ。福祉課の課長から電話でも聞いたよ。大人しく罪を償うべきなんじゃあないのかよ」

「は？」

思わず大きな声で発してしまった。知らない。知らない出来事。殺した。誰が。俺が。誰かを？

「あと、警察にも暴行を加えたんだってな？　そっからネットで顔写真見て驚いたよ、まさかあんたがな。何度も保護受給者と面談する時も同伴して世話になったし、偶に面倒臭がりなとこもあるがまあしっかり仕事をこなす人だと思ってたのによ。そしたらどうも、裏切られたみたいな気分になってよ、ふつふつと怒りが湧いてきて許せなくなってな」

額に青筋を浮かべながらそう言う。周りの人も皆、俺の事を氷よりも冷たい目で見下ろしている。

「近所の人らに急いで連絡回して、凶悪犯の確保に協力してくれそうな人をこんだけ集めて。ええ、おい。いったい何人の人を脅かして時間奪ってのうのうと生きてんだ、この人殺し」

「違う殺してない！」

「殺したって聞いたんだよ。ネットにも書いてる」

「違う、俺が殺したのは――」

そこで、何故か言葉が詰まる。

殺したのは。いや、違う。俺が殺したんじゃない。死んでしまっただけだ。

俺が起こした事故ではあるが死んだのは……佐竹が死んだのは、俺のせいじゃなくて。言葉を違うものに組み換え、感情の激流と共に喉から押し流す。

「そもそも、常識で考えてそんな不確定で曖昧な情報、ましてや冤罪《えんざい》を信じるって言うんですか！　それにそんな事で警察や市やマスコミがこんな一気に市民らを巻き込んで大規模に騒ぎ立てる訳無いでしょう！　大体、普通の市民なら凶悪犯を捕まえようだなんて思考にはならないし……あんたらやっぱり嘘ついてるんだ、何かの犯罪組織が絡んで、俺の事を拉致して――」

「あのな、ケースワーカーさんよ」

鉛のように重い溜息と共に、俺の必死の抵抗の言葉を掻き消す。

芳村さんの顔面が、俺の目の前に現れる。そして、子供に言い聞かせるような声色と呆れ顔で、言う。

「事実だろうがそうでなかろうが、もうどうだっていいんだよ。取り返しのつかないところまで来てんだよ、あんたもおれ達も」

啞然としてしまう。話が通じない。

何を言ってるんだこいつは。全部、お前らが勝手にやった事じゃないのか。

正気の沙汰ではない。もう何も。常識など何も通用しない。

助けてくれ、と唱える気力すら、もう完全に削がれてしまっていた。

「安心しろ、警察には突き出さん。こんなしょうもない奴のために毎日忙しいお巡りさんらが手をわずらわせるこたないんだ。あんたは、〝おれ達〟だけで内密に片付ける。だよな、皆さん？」

紙コップに入ったものを一気に飲み干して、周りを一瞥する。皆一様にようやくか、という雰囲気を醸し出しながら嬉しそうに頷いている。

「うし、それじゃあそろそろ本題に入ろうか」

芳村さんは年季の入ったパイプ椅子に、ぎしりという軋《きし》み音と共に腰掛ける。そして。

「誰からこいつを殺していく？」

何の抑揚もない声で、そう言い放った。皆が顔を見合わせた瞬間。

「言ったやろ芳村さん。こいつはここに閉じ込めて餓死させるんがええって」

極限の緊張感の中響いたその暗くも高い声は、またしても聞き覚えがあった。

俺が担当する保護受給者の一人、米澤さんだ。茶色が抜けかけた傷んだ髪に、痩せ細った身体を纏うよれて草臥れた薄手のシャツに、光沢のない薄汚れたジャージのパンツ。

俺は面食らい、思わず目を逸らす。彼女は、俺があの日佐竹と病院訪問から帰庁した後面談をする予定だった人だ。

結局あの後事故を起こした俺は、この人とどう接点を持っていたんだろうか。相変わらず何一つ思い出せず複雑化していくだけの脳に、容赦なく芳村さんと米澤さんの会話が刺し入り込んでくる。

「んん、そうは言ってもな。ここにいる人らは皆こいつの事を殺したくて堪らんと思っとる。そんな〝罰〟だと皆の溜飲が下がらんだろ」

「だからその方法がええってあたし最初に言うたやろ。その方がジワジワこいつが苦しんで死んでいくんが見れておもろいってな。そもそも全員の殺意を満遍なく順番にぶつけてもうたら、全員分終わる前にこいつの身体がもたへんやん」

話の流れがよく分からない、というのが露骨に出ていた顔の俺に苛立ったのか、舌打ちしてこちらを見下す。

「あたしかてな、こいつのこと許せへんのやわ」そのまま間髪入れず続けて、

「こいつ、ほんま気に食わへんねん。ずっと前からや。あたしのこと完全に見下してるんや。事情あってこっち逃げてきて、頼る親族も家族も皆いなくて孤独のまま保護受けて、辛くて仕事も出来ひんって何度も言っとるのに、対応も返事も適当で、しかもネチネチと払いすぎてた保護費返せとかずっと言ってきて。そっちのミスで起こった事を何であたしら生活困窮者が苦労して埋め合わせせなあかんねん。未だにずっと納得いかん」

喋り始めると止まらない様子の米澤さんを、猛獣を宥《なだ》めるかのように手を翳《かざ》す芳村さん。ど

うやら、彼女の剣幕にたじたじのようである。俺も何度このやり取りと大声のストレスで胃に穴が開きそうになったか、と思わず少しばかり緊張感の無いことを考えてしまった。

芳村さんが額を掻きながら返答する。

「あんたとこいつに因縁があるのは知ってるし、あんたの怒りももっともだろうよ。そこは尊重したいが」

「ならさっさと全員出てってくれんか。ちょっとこいつに話があるんや」

「いや今のあんたじゃ何するか解らんだろう、殺しを独り占めする気か？」

「そんなことせんわ。何や殺しを独り占めて。こんな痩せた丸腰の女一人に何か出来るかいな。それか見るか？何か危ないもんでも持ってるか。ほら、見れや」

そう早口で言い放ち服を脱ぎ始めようとする米澤さんを、周りの人が制止する。ずっと厳格さと堅牢さを醸し出していた芳村さんが初めて慌てた様子を見せた。

「まあ、わかったわかった。それじゃあおれ達は一旦外に出て、昼飯休憩してくるわ。何人か、玄関前に置いておこうか？何かあったら彼らを呼べば」

「必要ない。全員でどっか行っとけや」

「いやそういう訳にはいかんだろうが……まあもういい。それじゃあ、頼むぞ」

もううんざりで声も聞きたくない、とばかりに米澤さん以外の全員が、その場から逃げ出すように出ていこうとする。そのついでに俺には再び口に猿轡がされ、手足もきっちり結び直されて部屋の隅へと追いやられる。

そうして全員が公民館から出て古い引き戸がからからと音を立て完全に閉まりきった後、耐え難い静寂が訪れる。二人の狩るものと狩られるものだけが、広い空間に取り残されている。すると、機敏だが静かで正確な動きを見せ、米澤さんはひとつのパイプ椅子へと向かった。そのクッション生地の裂けた部分に、迷うことなく手を突っ込み、まさぐる。

そして、そこから取り出したものは折りたたみ式のナイフだった。どう考えても、皆に内緒で隠してあったとしか思えない。それを見て小さく自分の喉から悲鳴が漏れ出たのが解った。

「動くなや」

非常に小さい、誰にも聞こえない掠《かす》れ声でそう発する米澤さんが、近付いてくる。今度こそ自身の本当の死期を感じ取り、猿轡越しに絶叫するが何処にも聞こえる事は無い。そして、米澤さんが取った行動は意外なものであった。

俺の、手首を拘束する紐をそのナイフで切り始めたのだ。

そして、足の拘束をも。呆気《あっけ》に取られたままの俺は、ただただその様子を見つめることしか出来なかった。そうして全身が解放される。自由の身だ。

何故、と聞き出す前に、米澤さんは俺に向かって「ついてこい」と乱暴に吐き捨て、トイレへと向かった。そこにある窓は大きく、人一人であればぎりぎり通れそうなものであった。それを開け放ち、米澤さんは指さす。

「はよ行け逃げろ、こっから。いいから早よせえや」

信じられない気分になりながらも、閉じた洋式便器に上り窓枠から外の様子を見る。周りを見渡して人がいないことを確認する。どうやら、罠等では無さそうだ。いや罠だったとしても、一旦紐を切って俺を自由にする理由がない。米澤さんの目的は、本当に純粋に俺を逃がすことなのか。彼女のことを本当に信じてもいいのだろうかと、尻込みしていたその時。

「糞が、なんで帰ってきたんやこの呆《ぼ》け！」

米澤さんの怒号と共に振り返った視界に入ったのは、先程集まっていた市民の中にいた男性だった。どうやら何か忘れ物をしたのか、引き返してきたらしい。言葉にならない呻《うめ》きを出しながら警告色の目を蠢かして、米澤さんに掴みかかっている。怒りと恐怖に染まった声を上げる彼女には当たらないよう、便器に上ったままの俺はその男の上半身に思い切り蹴りを入れる。

すると壁に背中を強打したようで、そのまま倒れ込んで苦しそうに呻いている。

米澤さんは再び叫んで、その男性の背中に何かを突き立てた。それが何かはすぐ分かった。

俺を拘束していた紐を切断したものだ。

それを何度も、何度も。ヤケになったように、何度も何度も。

思わず腕を掴む。振り下ろすのを、止める。そして、今のうちだと、俺は米澤さんも外に来るよう促す。

男性の姿を敢えて見ずに振り返らないようにして、俺達二人は窓枠から早急に抜け出す。そこからは、ただただ走った。追っ手を確認する為、幾度となく振り返りながら。
そして、米澤さんと目が合った。そこには。
どんな人にも浮かんでいたあの〝警告色〟が、ひとつも無い。
ただの綺麗に濁っただけの目だった。

時折物陰に隠れ人目を避けつつ、運動不足なのだろう息も絶え絶えの米澤さんを引き摺りながら辿《たど》り着いたのは、小さく古いアパートの1階にある、米澤さんの部屋だった。いつもの、保護受給中の生活実態の様子を見にいく定期的な訪問ならば部屋の中どころか玄関先も立ち入りを拒否されている所を、なだれ込んで入る。保護の申請は別の担当者が引き受けてその時に部屋には入っているだろうが、そこから引き継いだ俺自身は情けないことに一度も部屋に入れてもらえていない。どんな光景が、と身構えつつ扉を潜ると。部屋には大量の酒の缶や瓶、ゴミ、畳まれていない洗濯物。小さく脚の短い机の上には大量の吸殻が載った灰皿、その他様々な化粧品類が所狭しと並んでいる。煙草の匂い以外にも軽く異臭がしてはいるが、思っていたより酷くは無い。ただ非常に殺風景で、雑誌やテレビなど少しでも娯楽に結びつきそうなものすらひとつもなく、他の保護受給者の部屋と比べてもかなり珍しい様相だった。ここまで質素な暮らしをしても尚金が足りないと嘆く人が沢山いる事を思うと、〝健康で文化的な最低限度の生活〟とは一体何なのだろうと、虚しく感じる時がある。

「こんな時に仕事モードになるなや」

そんなつもりは無かったのだが、部屋の中をじろじろ見ていたのを窘《たしな》められる。米澤さんは未だ収まらない動悸《どうき》と喘鳴混じりの呼吸を繰り返しながら、地べたに敷きっぱなしの布団に座り込む。そして、怒気を孕んだ声色で尋ねる。

「いったい何なんや、これは。何やねん、あいつらは」

「自分にもさっぱりなんです」そう答える他なかった。

米澤さんの袖についた赤黒い液体を一瞬見て、先程の光景がフラッシュバックしそうになる意識を無理に抑え込みながら頭を掻き毟《むし》る。

「なんやそれ」米澤さんも明らかに苛立ちを募らせ、共鳴するかのように頭を掻き毟っている。

「さっきのことや。あたしにあの民生委員から連絡がきた。最初はとりあえずあんたの愚痴から始まり話だけ合わせてた。そしたら、あんたのこと皆で捕まえて順番に暴行して殺そって。そう言われて、明らかにおかしいって気付いた。勘違いかもって思って、でもあまりに異常やったから――公民館に行ってみたら、皆、ほぼ初対面やけど目が変な色というか、言動とかも何か明らかおかしくなってて……」

「変な、色？」

「黄色と黒の、あれやん。踏切のポールとかで使われてる感じの色や」

警告色の目だ。米澤さんも、何故かそれを俺と同じように認知していた。

何だ。いったいどういう事なんだ。そもそも、何故米澤さんだけがあの異常に巻き込まれず済んでいる？

「幸い連中には目の色の区別がつかんみたいや。そんで、とりあえずその場でやり過ごさなあかんなと本能で感じたんや。あいつらは、人間やない。そうせな、もし自分も奴らと同類やと思われんかったら、あたしも同じように殺されるって……」

そう息切れしながら喋りつつ、がたがたと身体を震わせている。相当恐怖と孤独感を植え付けられたらしい。だからああして餓死を推奨し、仲間になった振りをしていたのか。米澤さんは次いで、重苦しい様子で言葉を紡いでいく。

「なあ。あたしは、やってしもうたんか？」

苦悶《くもん》と脂汗が滲んだ顔が歪んでいく。

「あいつをや、あのおっさん。死んでもうたんか？　あたしが……殺してもうたんか？」

俺は、何も答えられなかった。米澤さんも、その答えを求めているとは思えない程に頭を抱え身を丸くし、縮こまっていた。長い、長い沈黙が続く。

息切れが落ち着いてきたタイミングで、俺は質問を切り出す。

「どうして、俺を助けたんですか？」

言わずもがな、今となっては指名手配犯のようになってしまった自分を助けるという行為は、命にも関わるしメリットも無い、非常に危険な行動だ。普段から俺の事を少なからず憎んでいた筈の彼女が、何故危険を顧みず助けたのか。そこが、どうしても腑に落ちなかったのだ。

米澤さんは、こちらを一瞥もせずに。たっぷり時間をかけて悩んだ後に、重い溜息と共に。

「あんたしかおらんのや」と、ぽつり、呟いた。俺が何も聞き返せずにいると、そこから堰を切ったように、その言葉の意味を話し始めた。

「慣れん土地で周りから殆ど見放されて旦那や子供と別んとこ住んで、何の生き甲斐も無い自分が長時間話せる相手が。電話とかいつかけても面倒臭そうにしつつ結局聞いてくれるんも。色々日頃や過去の愚痴もぶつけれるんも。今はあんたぐらいしかおらんねや。遠慮なく吐き出せるんはあんただけなんや」

米澤さんは、体育座りをしながら疲労困憊の様子で、でも勢いは失わずに話す。

「とりあえず餓死案を懸命に推して時間稼ぎしといて、あとは生きるも死ぬもあんたに委ねようとしたんや。正直あいつらの様子見て、こんな危ない目に遭いそうになるくらいなら、放っといても良いかと思っとった。でもやっぱり目の前にあんたが現れて、そしたら何やかんやで色々アタマん中ちらついて。これでそのまま見過ごしたら。もう本当に、自分の中からは何もかもが無くなる気がしたんや。それが嫌やっただけや」

本当に、それが一番の理由なのかは解らないが。少なくとも、俺との関係や対応について多少の恩義を感じているかのようなその言動に、驚きを隠せなかった。そういう風に思われるなんて思ってもみなかった事だ。

何故なら、仕事だからやっていた事だ。やるべき事だから、報酬が発生するから。ただ理不尽な事や面倒な事に折り合いをつける、妥協するための心を作る為の生活。それだけの事だったのに。同情だとか親身だとか、もう数年前にとっくに薄れ始めていたどうしようもない俺なんかの為に。

萎れ果てた俺の心には純粋たる感謝や謝罪の気持ちと共に、強い罪悪感が走った。だがそれは、そこまで嫌な感覚ではなかった。

「まあ正直金返せって毎回言ってくんのはほんまに、苛つくけどな」

「……いや、こちらのミスとはいえ過払いの保護費の返還は義務なので仕方無いんです」

「知っとるわ。だから仕事モードになるなや鬱陶しい」

米澤さんは鼻を少し鳴らして笑う。ようやく成立した人間らしい軽い会話に、微量な明るい雰囲気が漂った。まさか俺の胃痛の要因であった彼女がこうして現状最大の理解者となり味方のような存在として現れるなど、事故を起こす前の車の中では露ほども想像出来なかった。

すると少しだけ機嫌を戻した米澤さんが、一服とばかりに机の上にあった煙草を取って口に咥《くわ》え、ライターで火をつける。彼女が知る由もないだろうが、非喫煙者であるこちらに対する遠慮も許可も無く、灰色の煙を虚空に吹きかけながら尋ねてくる。

「なあ。結局何のことかよく知らんけど、あんたがあいつらに人殺しって言われてるんは、事実なんか？」

「そんな訳ないでしょう。紛うことなくデマですよ」

「なんや、それがほんまやったらあたしら仲間やと思うたのに」

自分を助ける為に手を汚して貰ったとはいえ、冗談じゃないなと思ってしまう。男女共犯で逃亡生活、ボニーとクライドの気分にでもなっているのだろうか。

「大方、僕が過去に起こした事故で人が死んだのを元に、先程殺人を犯したということにして発信した輩《やから》がいるんでしょう。そこに色んな人間が愉快犯で乗っかって拡散されたことで情報が錯綜《さくそう》して――」

そこまで話して、ハッとした。

米澤さんはスマホやパソコンの類《たぐい》も持っておらず、毎回固定電話でしか連絡出来ないような人だ。テレビや雑誌等もこの部屋には一切無い。ニュースもSNSも見ないから、世間の情報に疎い。就労も出来ておらず日頃から部屋に閉じこもっているから、何もかものメディアに触れていない。もしかすると、米澤さんは。

「あんた、何や昔事故起こしたんかいな。それで、人が死んだって。誰か轢《ひ》いてもうたんか?」

何事も知らないような口ぶりかつ、不思議そうな表情を浮かべている。

やはり、間違いない。米澤さんは、俺が起こした同乗者の佐竹が死亡した事故を、一切知らなかったんだ。

頭の中で仮説が、組み上がり繋がっていく。正直、米澤さん一人だけのケースで判断を下すのは早計な気もするが。ここで先程の猫の話も頭に過《よぎ》る。芳村さんの言うことを素直に信じるならば、俺の顔をテレビだか何かで餌付けした野良猫に見せてるんじゃないかと言っていた。

ひょっとすると。

〝警告色の目〟は、メディアで俺の記事や何かに触れたり見てしまったりすると、『感染』してしまうのでは無いか。

そして変貌する。俺に殺意を向ける何かに——俺を殺そうとする何か得体の知れないものへと。荒唐無稽で超常現象的な話ではあるが、あの異常性はそうでないと説明がつかない。

兎《と》にも角にも、ずっとここにいるのは危険だ。恐らくもう既に芳村さん達が公民館に帰ってきて、俺達が逃亡したことはとっくにバレて捜索を開始しているだろう。となると、この米澤さんの部屋にガサ入れが入るのも時間の問題だ。それに、これ以上彼女を巻き込む訳にもいかない。勢いとはいえ善意を以《もっ》て俺を助けてくれた彼女を、自身の仲間だと疑われて死なせたくは無い。行く当ては正直無いが、この部屋で装備品を借りて変装し、何とか身を隠す場所を探して逃げ続けるしかない。

近くにあった処方箋の紙とボールペンを取り、諸々を書き記す。それをすぐ米澤さんに手渡し、自分達が共犯・仲間だと思われている可能性、そしてほとぼりが冷めるまで出来る限りこの部屋から出ないこと、何か余っている着替えを貸して欲しい旨を伝える。

「これ、俺の電話番号です。お互い何かあった時は連絡を取りましょう」

「いつもかけてる番号やとあかんの？」

「あれは福祉課直通の番号です。かけられても職場の固定電話に繋がるだけです」

「なんやねん、それやったら最初からこの携帯の番号教えとけや」

「それは勘弁してくださいよ」

業務時間外でも鬼電話が掛かってくるのは流石《さすが》に辛い。課内でのプライバシーの扱いやルールや決まりが厳しく決められているということで納得してもらう。

一応電話番号が本当に合っていたかを確かめようとスマホの電源を入れると、トークアプリの通知の数が、１０００を超えているのに気付いた。

すべて、澄子からだった。背筋の凍る感覚と共にトーク画面を開くと、凄まじい件数の着信と「ねえ」「市内に着いたよ」「早く出て」「返事して」「今どこ」等の短い文章の連投。すると、リアルタイムで最新のメッセージがポップアップと共に更新される。

写真だ。写っているのは車の中から撮った、アパートの写真。

このアパートは、見覚えがある。

これは、間違いなく、今居るアパートの写真だ。

次いで、『ピンポーン』という間の抜けたドアチャイムの音が鳴って、俺と米澤さんは同時に身体を強ばらせた。

続けざま、ドンドンドンドン！とドアを叩く大きな音を立てて、鉄扉を介してくぐもった声が聞こえてきた。

『あのー、すみませぇん。米澤さんのお宅ですよね。ちょーっとよろしいでしょうかぁ』

あってはならないはずなのに。聞き覚えのある声だった。

この粘着質で、無性に自身を苛つかせる声は。

『いらっしゃいませんかぁ。米澤さーん。ちょーっとお聞きしたいことがありましてぇ。ここら辺を人殺しが彷徨《うろつ》いてるみたいでぇ、ああ、あなたもよく知っている方ですよ。そいつの危険性について朝までじっくりコースでお伝えを……なあんて、冗談です。すぐ済みますよ、すぐにね』

妙に間延びし気の抜けた言葉とは真逆に、ドンドンドンドン！と扉を叩く力を段々強めてくる。

何や誰なんや、と米澤さんは舌打ちし、ドアに近づいて行く。

それを止めようとした瞬間、遮《さえぎ》るように片手に握られていたスマホに着信が入った。澄子からだった。数秒逡巡《しゅんじゅん》した末、通話ボタンを押す。

『着いたよ。アラン』

「澄子、着いたって。何処に」

『アパートの前。ちょっと待っててね』

「おい、待て、アパートって、お前一体」

『今からいくね』

画面が、ビデオ通話モードに切り替わる。

澄子の顔が一瞬、アップで映って。

インカメラ特有の粗さでも、解った。

その目には、明らかに〝警告色〟があった。

どれだけ待て、と連呼しても。スピーカーからはもう何も返ってこない。

そしてアウトカメラに切り替えたようで、画面には間違いなく俺が今居る米澤さんの部屋があるアパートが映っている。そして、それはやはり車の中から撮られた映像だった。

ピー、ピーと。車をバックする音が入る。

アパートは離れていく。かなり離れていく。

そして、ガチャンと切り替えるような音。

それから徐々に、画面に映っているアパートが近付いてくる。

どんどん。

どんどん近付いて来る。

どんどん。どんどんスピードを上げて。

アパートが、米澤さんの部屋のドアが。画面越しで、近づいてくる。

余りに現実離れした出来事に、理解が遅れた。

すべて理解したと同時に「逃げろ」と。ドアの前の米澤さんにそう叫んだ。

二度と喋れなくなっても良いと思える程の力で、叫んだ。


瞬間。凄まじい爆発音と衝撃が、部屋の中になだれ込んできた。ひしゃげた鉄が。玄関ドアを押し潰し、隣接するキッチンを次々食い潰して破壊する、塊が。細かく砕け散る硝子。舞う粉塵《ふんじん》、土埃と焦げの臭い。

たったコンマ数秒の出来事。そして、それがすべてを変えた。

様々な何かが崩れて壊れる音が暫く鳴って、最後にきゅるる、という謎の音と共に、目の前が開けた。

視界に映るのは。大きな穴が開いて開放的になった部屋と。映画のセットのように不細工に歪んで、フロントガラスが粉々になった俺達が所有する車と。逃げ遅れて衝撃を受け、倒れ込んだままピクリとも動かない米澤さんの姿。

『惨状』という言葉が最も似合う状態だった。

開いた大穴と車の隙間から、一人の男がのそりと入ってくる。

「あ、お邪魔します米澤さん。お部屋入らせて貰いますね。これ、必要ないかもですが生活保護法第28条規定の立入調査票です。一応ね」

磯内係長が、首から下げたカードをぷらぷらと振りながら、崩れた部屋の残骸を踏みつつ入ってくる。その目には警告色が、絶え間なく蠢いている。

「あら、米澤さん。本当に許可要らなくなっちゃったかもですね。死人に口なしっつってね。なーんて冗談、冗談」

「何で……澄子が……」吸い込んでしまった粉塵のせいで咳き込みながら呟く。

それに対する返答のように、張り付けた笑み。乱雑に削られ短くなったネクタイをそのままに、ボリュームある頭を掻きながら。カチカチ、という音と共に。

「協力して貰ったんだよ。彼女さんに電話してみたら、君の場所が解るって言ってね」

「澄子には住所も位置情報も結局送らなかった！」

「ああ、それね。残念でした」拍子木代わりにカチカチ、と持っているホッチキスを鳴らす。

「彼女がスマホに内緒で仕込んどいたアプリのＧＰＳ機能で、君の現在地が解ったんだって。いやあ大したもんだよね、お陰で何処に潜伏してるのか丸わかりだったよ。まさか他の女の家の中に隠れてるなんてねぇ」

おどける様に、両手を広げて肩をすくめてみせる係長。

聞いたことがある。相手のスマホにダウンロードさせておけば、位置情報を勝手に取得出来るアプリがあると。何らかのサブスクリプション登録で自身のスマホからではもう期間を過ぎて出来なくなっただとかそんな理由で、何度か俺のスマホを貸し、勝手に触らせて登録手続きをしていた事があった。もしかして、その時に入れたのか。俺の浮気を疑って。

そして、それを用いて俺の場所を特定し。こうして、俺を始末する為に車ごと突っ込んだという事なのか。事故のことを知っていた澄子も結局はこいつら〝警告色の目〟の仲間だったという訳だ。色んな事実が覆いかぶさってきて、これまでの諸々や混乱で紛れていた怒りが急にふつふつと湧いてきた。

「彼女さん、生きてるか死んでるか気になる？」

磯内係長は、心底嬉しそうな顔でそう尋ねる。俺は沈黙する。

「どっちでもいいじゃない。彼女は、君のような屑をこの世から消そうと勇気を出して家に突っ込んだんだ。結果がどうあれ、賞賛されるべき事なんじゃないのかい？ちなみに僕も公用車に乗ってここまでやってきたけど、ほら、知っての通り僕って臆病者だからさ。家に突っ込む勇気は無かったよ」

「お前ら皆、狂ってる」

思わず顔が引き攣《つ》ってしまう。後退りしながら、震える声でかろうじての言葉が漏れる。

「はあ、心外だなあ。僕は君が嫌いなだけ。世界中が君のことを嫌いなだけ。嫌いな奴を見たくないから誰かを扇動して排除するのはこの世の常でしょ？」

係長は柵の一部だった鉄の棒を拾い、ゆっくり近付いてくる。

意識を後方へと向ける。怯えて動けないようで絶句してはいるが、米澤さんの無事を確認。

唯一の出入口だった部分は車で塞がれ、何処にも逃げ道は無く。

袋の鼠《ねずみ》とは正にこの事で。

俺は更に後退りするが、そこで机に背中を打ち付けた。

目に付いた化粧品や小物を、手当たり次第掴んで係長に向かって投げ付ける。

勿論、そんなものを全部投擲《とうてき》しようが、鉄棒を持つ成人男性に少したりともダメージを与えるに至らない。投げたものはすべて虚しく、係長の後方の瓦礫《がれき》と共に転がった。

弾切れはものの数秒だった。打つ手を無くした俺の惨めな姿を見て、係長は心底嬉々とした様子でからからと笑う。

「はは、愉快愉快。マジ無様だなあ。おい、最期になんか言うことないか」

その言葉に上手く反応出来ず、一瞬静寂が支配する。

警察なのか消防なのか、遠くの方で無数のサイレン音が聞こえてくる。

「いや、最期って、何を」質問の意図が理解出来ず、尋ねようとする。

「天国の佐竹に言うこと無いかって言ってんだよ！お前のせいで死んだんだぞ、お前のせいで！」

ガン！と鉄の棒を瓦礫に叩き付ける凄まじい音と共に、態度を豹変させる係長。

「あんまり苛つかせんなよ。まだ被害者ヅラしてんのか。ええ？お前はいつまでこっちを見下して馬鹿にすりゃ気が済むんだ？おいこの呆け」

係長は見開いた目と興奮で真っ赤に上気した顔で、一方的にこちらを叱責する。するとシャツの胸ポケットにホッチキスを挟み入れ、そこからスマホを取り出し、どうやら撮影を始めた。

「ほら、撮っといてやるよ。言えよ。言え早く」

土下座もしながらな、と。額と目尻に大量の皺を刻みながら乱暴な物言いで吐き捨てる。

「佐竹くんは、自分が殺しました。ついでに周りにいるあらゆる人を皆見下していました。死を以て償いますってな。言い終わったら側頭部フルスイングしてやるよ」

そう勝ち誇った様子の係長の後方で、俺は信じられないものを見た。しかし、それをおくびにも出さない事に決めた。

「そんで虫みたいにびくびく痙攣《けいれん》して死んでいく様子、全世界に流しちゃおっかなあ。そしたらまたグッドいっぱい貰っちゃえるかもなー！」

「他人の死でいいね稼ぐなや、カス」

米澤さんは。彼女は、ただ静かに。

頭から血を流しながら、叫び嗤《わら》う係長の後ろに立っていた。

「あ、生きてたの」係長は振り向き様、テンションを崩さずにそう零した。

「除光液で焼死してみた動画でも上げてろや」

言い終えた瞬間、米澤さんは手に持っていたボトル——俺が先程無差別に投げていたものの一つだ——に入った透明な液体を、係長の顔にぶちまけた。

そして、もう片方の手に持ったライターを点火させ、係長の髪に派手に点火した。

そこから視界に映ったのは、真っ赤な火柱が立った係長の頭。衣服に燃え移る焔《ほむら》。耳を牛耳《ぎゅうじ》るのは、恐怖と苦痛による断末魔の咆哮。

「ぼうっとしてんなや！」その声も入ると同時。

俺の身体は動き出して、悶《もだ》える係長の横脇をすり抜け。

正に死に物狂いといった様子で米澤さんと共に、出入口の隙間から抜け出した。その時、エアバッグに埋もれた澄子が一瞬だけ見えたが、動かなかった。存分な距離を取り、勢い余って倒れ込んだ、その瞬間。

爆発のような音と共に、更なる炎上が起きた。

熱気と熱風が仲良く同時に押し寄せ、全身を撫《な》でていく。

当然車にも、火が回っている様子を見て。何とも言えない気持ちになる。

既に避難していた他の住人たちもその場にいて、信じられないものを見る様子でそれを見ていた。釘付けだった。

この人達も、〝あの目〟をしている奴らの可能性が高いが。ある日急な理不尽で住処《すみか》を奪われた今この瞬間だけは、心底同情する。

「ガス漏れしとったんやろ。キッチン、派手にぶっ壊しよったからな」

ざまあみろやと、額の血を拭いながら米澤さんは小声で言う。いつの間にか持っていた磯内係長が落とした鉄の棒を支えに立ち上がり、目立たないよう少し早歩きで俺達はその場を後にする。

　すると、道路脇にエンジンが掛かりっぱなしで駐車された公用車を見つけた。恐らく磯内係長がここに来るまで乗ってきたものだ。その車体の番号〝6〟が目に刺さり、思わず顔を顰《しか》める。

「乗りましょう、とにかく逃げるしかない」

　至急車に乗り込む。幸い、鍵は車内に差しっぱなしだった。大方、こんな風に車を盗られる訳もなくすぐに用事を済ませられると油断していたのだろう。奴の間抜けさにこんな所で救われるとは。

「逃げる言うたって、何処へや。なんかアテでもあるんかいな」

「向かうところは大体決めてます。ひとつ、思い出した事があるんです」

　それが、気の所為《せい》では無いのなら。

　こんな狂った世界になった原因なのか、そもそも関係しているのかも解らないが。どうせ何処に隠れても誰かに見つかって嬲《なぶ》り殺しにされるくらいならば一縷《いちる》の望みに賭けて、試すべきだろう。

「摩背病院に向かいます」

「摩背て……あの大っきい病院かいな。怪我なんか絶対治してくれへんで」

　どうせ看護師も患者も全員敵や、と米澤さんは言う。

決意の籠った声で俺は反論する。

「違います。俺は〝あの目〟を、初めてそこで見たんです」

そう。瀧田、と呼ばれたあの男。

一番最初に見たのは、あいつの〝目〟じゃないか。

その後すぐ、俺たちは事故を起こして。そして俺の意識が飛んで、目覚めるとその目をした奴らに襲われ、今に至る。

具体的なプランは何も無いし、彼はほぼ植物状態の人間で普通なら何も起こり得ないとは思うが。有難いことにこの世界は、普通じゃない。

瀧田にもう一度出会うことで、このイカれた世界から抜け出す為の切っ掛けくらいにはなるかもしれない。

その事を米澤さんに細かく説明していく。いつもこれぐらい物分かりが良ければ良いのに、とは思ったが口には出さないことにした。

「何か言いたいことありげな顔しとるな」

急なその言葉に、どきりとしてしまう。俺の反応に、米澤さんは柏手を打って。

「あ、さっきの『○○してみた動画』ってあたしの発言か。ニュースは全く見いひんねんけどな、しんどくなった時、子供からスマホ借りてちょっとおもろい動画は偶に色々観ててん。だから自然とその語彙が出たわ」

「マジでどうでもいいっす、その情報！」

法定速度はほぼ無視し、アクセルを力いっぱい踏み込む。

市外とはいえ、行く道は途中からほぼ直進ばかりで簡単だ。この速度かつバイパスを経由すれば15分〜20分程で到着する。平日の真昼間、道もそこまで混んでいない筈だ。なのにウィンカーを出して曲がり、直進を繰り返していると、どうも違和感がある。それは、どんどん大きくなっていく。

病院到着まであと数分。かなり近付いてきたところで。

途端、後ろから大音量でサイレンが鳴る。次いでスピーカーを通した声で公用車を名指しされ、道路脇に停めるよう促される。

「おい目付けられとんぞ、安全運転せえよ！」

「いや、多分違います。だって」

こんな走りにくい訳が無い。さっきからずっと、走ってる途中に圧迫感を覚えていた。3車線になった所で、他の車も、スピードを上げて並走してくる。そして、どんどんこちらに寄ってくる。左右を塞がれ、次第に、もう曲がる事も出来ずただ真っ直ぐ進むことしか出来なくなっている。

「ほんまに有り得へん。他の奴ら全員、警察まで敵なんかいな。もう何がどうなっとるんや」

「最初から味方じゃなかった人が皆敵になっただけですよ」

もうそう割り切ることしか、自分の混乱と動悸を鎮めることが出来そうに無かった。ギキキッ、というタイヤが擦れる音が響くと同時、右隣車線の車がぶつけてくる。日常に生きる中で決して味わうことの無い筈の衝撃。焦りは正直な反応として手汗の分泌を促していた。滑りそうになるハンドルを左側に切り返す。

「左も来とる！」

米澤さんの絶叫で、手の強ばりが更に悪化する。

鉄同士が激しく衝突する音と振動が、鼓膜と全身を掻き毟る。

ふと目に入った運転手は硝子越しに、明らかにこちらを凝視していた。

そして、鬼のような形相で大口をあけて、自分に対して何かを叫んでいる。

アクセルをベタ踏みし、その領域から抜け出そうとする。しかし、前方には車がいる。あと数秒でぶつかってしまう。

もうどうなるかという冷静な思考や推論は全く無く。どうなってしまうのかは解らないまま、ブレーキを踏みつつハンドルを右に急回転する。

俺のこの意味不明な行動に混乱した両隣の車はぶつかろうとして空振りし、鉄が削れる轟音が響く。気付けば、公用車の車体は一回転し、逆走を始めていた。

ハンドルを左に切って、分断のポールをへし折り越えて、対向車線へと侵入する。そして、勿論そこでも逆走を始める。交通量は多くないとはいえ、レースゲームの障害物のように次々と向かってくる車を、荒い運転と共に避けていく。いつ正面衝突してもおかしくない状況で、俺はアクセルをベタ踏みする。米澤さんの声にならない悲鳴が聞こえる。

左に切り返し、元いた3車線車道を横切り、ただただ直進する。病院の駐車場内へと入る。だが、ルームミラーを見ると他の車が追って来ている。とにかく目的の棟まで走らせようとしたその時。目の前に人が飛び出して来た。

ハンドルを急いで切り、それを上手く避けることは出来たが。視界には、明らかに車が向かうべきではない所が映っていた。進入禁止、と大きく書かれた看板。非常時や事前連絡が無いと通れない入口だろう。とうとう自分も大声で叫びながら、その場所へと突っ込んで行く。破壊される看板、そして再び目の前に飛び込んでくるのは、E病棟入口と書かれた硝子張りの入口。

瞬間。臓器がすべてシェイクされる程の凄まじい揺れと轟音が車内を波打ち、駆け抜けて行った。

そして、完全に静止した。

回っている。頭が、脳が大きく揺れ動き、回っている。とてつもない痛みが、にじり寄ってくる。

どうやら頭を少しだけハンドルに打ち付けた事で、軽い脳震盪《のうしんとう》が起きている。公用車のエアバッグは、作動しなかったらしい。ポンコツめと怒り任せに、ガンと下の方を蹴り飛ばす。

落ち着いてきたと同時、辺りを見渡す。硝子越しに見える、病院。エントランス。唖然とこちらを見据える人々。

隣では、口を大きく開けたまま放心している米澤さん。

「米澤さん、いけますか」助手席に載せた鉄の棒を引き抜き、声を掛ける。

「天国に直接救急搬送されたんか思たわ」変に冷静な軽口で返される。

先程繰り広げた死のドライブの結果、滅茶苦茶になった割には目的のE棟へと車を突っ込ませられたのは僥倖《ぎょうこう》であったと言える。降車した俺たちは、当然院内の人間たちから注目を浴びる。全員、冷たい〝あの目〟で。蠢かせながら、こちらを見ている。

自分と彼らには充分な距離があるのに、あっという間に囲まれ追い詰められたような気分だった。

「瀧田さんに会わせてくれませんか」

俺は誰にでも聞こえるような声量で言い放つ。

すると、医師と思わしき中年の男が、答えた。

「駄目だ。お前みたいな奴に会わせる訳にはいかない」

「アンタが俺の何を知ってるんだ」

「知ってるさ。お前は自分の後輩を殺した。そのくせのうのうと生きている罪人だ」

突如待合室のテレビが、緊急のニュース速報を告げる。

皆、一斉に黙ってそれを見つめる。

地区公民館にて、背中を何度も刺されて男性が殺された事。また、アパートで火災が発生、現在は消火されたが、酷い火傷により身元不明の死体が複数発見された。その後この事件一連の容疑者として、俺に加えて米澤さんの名前と顔写真が挙げられた。

辺りは静寂に包まれる。

「また罪を重ねたな」医師は言う。

「会わせると思うか？　弱者の命を、営みを奪うお前らみたいな恥知らずの屑共に」

全員の目付きが、〝警告色〟なのは変わらないのに、一層厳しくなった気がする。

「お前たちは、すぐに見下す」

そうだ、と周りから同意の声が、ちらほら現れる。

「他人を見下して、蔑《さげす》んで、〝可哀想〟だと言う。自分の生活水準と比べて如何にどの分野が下かを見出し、勝手に安心して勝手に同情するサイクルに醜く依存している」

同意の声は、更に高まる。周りの人間の姿が、少しずつ変わってくる。

「見下せないと解れば、自分たちの手や言論が届く範囲まで引きずり下ろそうとしてくる。傷付け、健康を害し、そうして動けなくなった様を嘲笑《あざわら》う」

ボルテージを上げる同意の声に奇妙な既視感を覚えるのは、それが何処ぞの政治家達の集まりの時に上がる声や台詞と同じだからか。

周りの人間が、皆黄色い髪になり、服は黒く染まり始め、肌の血色も悪くなってくる。

「道端でも屋内でも動物の糞が放置されたり害虫が通った場所は、それらが取り除かれ洗浄されれ如何に綺麗になろうとも、人は皆その穢《けが》れを心に刻む。そしてその場所を避ける。たった一度でも極端に汚れたものを、人は許しはしない」

じりじりと。一歩ずつ一歩ずつ。距離は縮まっていないのに、心を追い詰められている感覚に陥る。

全員、何か得体の知れない、何か同じものに成ろうとしている。

すべて警告色のカラーリングで。服装も顔もすべて明らかに奇妙な力の下、統一されていく。男は全員、にやにやと挑発的で不気味な笑顔を浮かべて。女は全員、仏頂面で死んだ目をしてこちらを見据えて。

「お前らにその気持ちが解るか。弁明も撤回も謝罪も何一つ許されず、ただ信じ難い苦痛と屈辱に耐え抜き、見下され続け生きる。刺傷が無い所を探す方が遥かに困難な、俺達の気持ちがお前に解るのか！」

「うるっさいなぁ。全部どうでもええんや、ンなことは」

鉄の棒を地面に思い切り叩き付ける音が、隣で鳴り響く。

それと同時、全員の得体の知れないものへの変身が、嘘のように。

まるで何も無かったかのように、無となっていて。

その光景に呆気に取られ棒立ちしていた俺に代わり米澤さんが、医師に向かって、早口で捲し立てる。

「見下すとか見下してへんとか、それが苦しいやら辛いやら。全部喧しいんじゃ呆け。周りの考え勝手に邪推して、大勢の代表者ヅラして、そういう事言って盛り上がっとるお前が一番気色悪いんや。何様やねん、お前は」

おいケースワーカーさんよ、と肩を叩かれる。

「連中の様子を見るにあんたの予想は見事的中や、良かったな。はよ瀧田いう奴のとこ行けや、そんでな、こう言ったるんや」

米澤さんが発破をかける。

鉄の棒の先を弁舌を繰り出した医師へと向ける。

「お前の考えたこの世界は、紛れもなくクソやってな！」


結論から言うと。

その後俺は、なんの苦労もなく目的地へと歩を進めていた。

病院には、当然のように大量の人数の〝警告色〟の目の奴らが用意されていた。

それなのに、鉄の棒という、あからさまな凶器を持った俺に近付いてくる者は一人も居なかった。俺達より強い武器を持っていないからか、また報復されるのが怖いのか危害を加えられるのが怖いのか、誰も近付いて来ない。遠くから言葉で詰《なじ》る者は多々居たが、結局直接襲って来るという事は皆無だった。エレベーターに乗り、記憶を頼りに病室へと向かう。廊下にいる看護師らも、皆〝警告色〟を蠢かせこちらを見据えている。

病室。瀧田は、自分が以前見た時と寸分違《たが》わぬ姿で、ベッドに横たわっていた。横に佇《たたず》む若い女性看護師が、当然〝警告色〟の目を蠢かせながら、喋れない彼の代わりに話し始める。

「どうして解ったんですか？」

このどうしては、この世界を作った原因である瀧田のことを何故つきとめられたのか、という事なのか。

「いや、どうして解ったと思います？ と言うべきですかね」

くっくっ、と看護師は楽しそうに笑う。言葉の意味が解らないし、明らかに窮地に立たされている者の様子では無いのが気になったが、スルーする事にした。

「俺は何も言い返せなかったよ。お前らがさっき言ったことに」

言い返していいのは、きっと米澤さんのような人だけだろう。

周囲から弱者だと見なされ、自分の運命に絶望し惨めさを感じながらも、強く強《した》かに生にしがみつく人。だがそう評価している事すら、もう誰かにとっては〝見下し〟になるのかもしれない。完全一致の意見など、この世には存在しない。

「佐竹は、面談後に、お前のことを〝可哀想〟だと言っていたよ」

「ああそうでしょうね。そんな顔をしてました。瀧田のことを見て、誰にでもわかるくらい適当な声掛けをして」

「度合いなんて、人によるだろうけど。ただ確かに俺の方がずっと、お前のことを見下していたのかもしれない」

そして俺は、日々知らず知らずのうちに接する人皆を自分という人間より立ち位置を下に見ていたのかもしれない。いや、見ていたかったのかもしれない。そうすると、安心出来るから。

この狂った世界で出会った人に何度も言葉にされ、今後も否が応でもそうなのかもしれないと思い込むことにはなりそうだった。

「そうですね。瀧田はそう見なしました。だから貴方に、貶《けな》され蔑まれ傷付けられる最悪の未来を見せてあげたかった」

何処か満足気で嬉しそうな物言いで、看護師は言った。

〝警告色〟が、蠢いている。

俺は一歩ずつ。ゆっくりと歩幅と言葉をベッドに近付けていく。

「お前らは、結局何者なんだ。瀧田というひとりの人間……いや、何か別の存在なのか？　この世界は、瀧田の力なのか？」

「それに対しては、事故にあった事で頭部に深刻なダメージを受け発芽したのではないかと。それ以上の事は瀧田自身も認知出来ていません。ただ私達は仮想擬似的な存在に近いものであり、全体の統一意識として、瀧田という司令塔は不可欠でした。これにより各々の人格や個性を保ったままの操作が可能なので、私達はひとりではありませんし、無論瀧田でもありません」

ニコニコと。看護師は満面の笑みを見せびらかし、応えた。

「私達は、もっと大きな意志によって動かされている。ただの一介の駒にしか過ぎないのです」

俺は、何も言わなかった。これ以上何も聞く気になれなかった。

一つ大きな溜息をつく。

「とりあえず、もうそろそろ現実に帰らせてもらう。この歳になって久々にお灸《きゅう》を据えられた気分になったよ」

「メッセージ性ある娯楽作品のような楽しみ方をしたんですね。他にレビューなどはございますか？」

あるさ、と応える。

そして俺は鉄の棒を振り上げる。

「お前の考えたこの世界は、紛れもなくクソだ」

「遊んでいただき誠にありがとうございました。どうして解ったと思います？　と先程私は言いましたよね」

1ミリたりとも動かない瀧田の頭に向かって。

硬い錆《さび》の塊を、思い切り振り下ろした。

「きっと、元の世界に帰ればその意味が解りますよ」

帰庁後、俺は面談室の中にいた。

目の前と横には、四人の男性。自分も入れて計五人の男性が、所狭しと座り見つめ合っている。心做《こころな》しか、空気が薄い。

目の前にいる福祉部長、課長、係長に今朝からあった事を時系列順に、逐一すべて報告した。

佐竹の保護担当である瀧田さんの訪問のため、市外の摩背病院に行った事。

そして、佐竹が挨拶をし、その後、看護師に諸々確認。

続けて俺が瀧田さんの様子を何となしに見ていたところ、異変が起こった。

「脈拍が急に落ちて。ずっと横にいた看護師さんが、呼びかけるも当然返事無しで。危険な状態だーって感じで騒いでたんす。その後はもう、他の看護師さんや医師やらが来て、てんやわんやで……そしたら数分後、瀧田さんは……」

俺の横に座る佐竹が、普段よりは少し軽さを抑えた声色で、そう説明した。

成程、と頷く部長達を前に、佐竹の表情は、明らかに暗い。

俺達が病院を訪問し、帰ろうとした直後。

瀧田さんは、突然心肺停止状態となり、そのまま死亡した。

詳しい死因は、担当とはいえ俺達には関係無い個人情報だから教えては貰えなかった。

元々事故の後遺症で全身不随、脳に大きなダメージを受けていたようだから、いつその時が来てもおかしくは無かったのかもしれない。

それでも、目の前でそういった事態が生々しく起きるのは、流石に元気が取り柄のルーキーも参ったようである。訪問直後に亡くなったなんて、まるで自分達が死神にでもなった気分じゃないか。

かくいう自分も、何か大事なことを忘れているような、何か心を針で突くような嫌さと気味悪さが残っていた。

重苦しく息苦しい雰囲気の面談室に耐え切れないといった様子の係長が、手で顔を扇ぎながら苦笑いする。

「まあ、あれだね。良かったじゃない。担当の人がひとり減って。その分支給する保護費も減って節約出来るしさぁ」

磯内係長の、そのとんでもない失言に。

佐竹が思い切り目を見開いた。

そして、何かを言いたげに口を動かそうとするが、その後が出てこない。

何も紡げない。

その様子を横目に俺は手にしていたバインダーを机の上に少し強めに置き、

「磯内係長、失礼を承知で言わせていただきますが。今の発言、非常に問題があると思われます。生活保護受給者ならびに死者に対する冒瀆《ぼうとく》とも捉えられる、控えめに言っても最低の発言だと思います」

俺の口からこのような台詞が飛び出すのが、あまりにも予想外だという表情を浮かべて。面食らった係長は、口を開き目を四方八方へと泳がせている。

「え？　あ、いや、その……いやー、これは冗談で」

「冗談で済む事じゃないでしょう！」

未だかつて聞いた事が無いであろう俺の大声に、係長はビクッと身体を震わせた。元々無かった気迫が、更に小さくなっていく。

部長と課長も、一言ずつ磯内係長を窘《たしな》め始める。

係長の全身がどんどん縮小されていくように見える。

「まだ新人である佐竹の良き手本に成るべく、係代表の人間として、言葉の責任の重さを感じて欲しいです」

俺が静かにそう言うと、係長は「あの……申し訳ございませんでした」と蚊の鳴くような声で謝罪する。

その後は、自分視点での状況の話や細かい部分の思い出しを行ったが、時折佐竹の視線が何度も自分に注がれていたのが、少し気になった。


「先輩ー。今日の夜どっか飲みに行きません？」

面談終わり後。机上の散らかった書類を整理していた時、佐竹が話しかけてきた。

相も変わらず暇そうな様子で、また整理されて何も無いまっさらな机が目に入った。

「どうした急に」と応える。

「いやーなんか。よくわかんないっすけど……何となく？」

佐竹は魚顔を歪ませ、はにかんだ。

自分も釣られてなんだそれ、と苦笑する。

コピー用紙を一枚挟んだバインダーを振って、俺は答える。

「ああ、いいぞ。ただし、全奢《おご》りじゃなくて、今日の俺のドライバー代くらいは出せよな」

「ええー勘弁してくださいよー」

言葉ではそう言いつつ、顔はそこまで嫌そうには言っていなかった。まあ、とは言いつつ金を出させる気は微塵《みじん》もないのだが。

「いやまあ、でもそれはしょうがないかもっすね。今日は迷惑かけちゃったっすから……」

「迷惑なんて別にない。それより、もう面談行ってくるわ。約束の時間から遅らせちゃったから、機嫌悪いだろうし凄い怒られるかもな」

「あ、米澤さんっすか？　すんません、ややこしい人の面談の時に限ってこんな……」

「もういいって、らしくないな。とりあえず、面談終わるまでに店どこ行くか決めとけよ」

「はい、了解っす！」


再び、面談室。ただ今回は、この空間に二人だけだ。

米澤さんは、相変わらずの不機嫌かつ仏頂面で、目の隈を濁らせてこちらを見据えている。

「なあ。何回も言ってんねんけど。金、何で返さなあかんの？　しかも大昔の。あんたらのミスなんやからさ、そこらへん何とかなる方法無いん？」

苛々とした様子で、足を小刻みに揺らしている。この話をするのはもう電話口も含めると七回は超えているだろう。俺の直感ではあるが、米澤さんは恐らく制度の仕組みを本当に理解出来ない訳では無い。

また、こちら側が誠心誠意謝ることしか出来ない事も理解している。

だから強気なのだろう。ゴネていれば、永遠に返還を延ばせるとでも思っているのかもしれない。

「返す、というよりは来月以降の保護費の内訳の生活扶助を少し減らして調整するのが一番米澤さんの精神的に良いのかなと思っているのですが、如何ですかね？」

「それは嫌やてずっと言うてるやろ。これ以上減ったら生活でけへんて。ほんまわからんやっちゃな」

特大ブーメランになっている事も恐らく理解しているのだろう。

もう一度ちゃんと説明しようとペンを手に取った時、米澤さんがぽつりと言葉を発した。

「……なあ、あんたは悔しくないんか？」

米澤さんからの急な質問に、思わず瞬《まばた》きしてしまう。

「あんたがやらかしたミスでってことなら、解るんやけど。大昔に前任の奴が、やらかしたことを……何であんたが尻拭いせなあかんのよ。時効とか無いんかいな。そいつを連れてきて、話させてえや。ずっとあんたに怒んのは、なんか筋違いな気して気色悪いんや」

そう、このミスは自分より前に米澤さんを担当していた人（もう別の部署へ異動した）が起こしたものだ。そして、これは間違いなく尻拭い。

だからといって、無視はできないし、ましてや部署が違う人を呼んで仕事の邪魔をするのは気が引ける。何より、自分が同じ立場なら絶対にやられたくは無い事だ。

これは仕事なのだ。仕事として割り切るしかないのだから。

だから、自分は大丈夫だと、そう思い込むしかない事なのだ。

「そもそもあんたらは、勝手にそのデータかなんかの数値イジれるんやからさ。こんな、クレーム紛いの意見やあたしの意思なんか無視してさ。無理やりにでも、保護費減らしてもうたらええやん」

米澤さんはぼやく。クレームの自覚はあったのかよ。それなら素直に受け入れてくれれば早いのに。

いや、でも実際はそうは行かないのだろう。数ヶ月にわたって生活費が減らされるのだ。普通の感覚なら気が気では無い。

俺は背筋を正し、米澤さんの目を真っ直ぐ見つめる。

「それはしたくないと思っています。今後の米澤さんとの関係性も悪くしたくないですし、きちんと納得して返還していただく方が物事は諸々スムーズに進むと自分は信じていますので」

「それでも納得出来ひんかったら、どうするんや」

「いえ、大丈夫です。解って貰えるまで、しっかりとお話しさせていただきますから」

即答する。米澤さんは、きょとんとした様子の後、はあと大きく重たい溜息を吐く。

だが、どうやら苛々していたのは何故だか何処かへ行ってしまったみたいで、話を聞くだけ聞いてやろうといった表情になっていた。あくまで、俺の勘だが。

これはラッキーだ。もしかしたら今日で勝負がつくかもしれない。

俺はボールペンをノックし、バインダーを眼前に置いて数字を書き始めた。

飲み会の時間までには、終わらせられるといいが。


数日後。

土曜日、久々に澄子と遠出する事になった。いつもと違い今日はやけに厚い化粧と薄めだが派手な服装で、助手席に収まっている。

俺の視線に気が付いた澄子が、前髪を少し指で弄びながら喋りかけてくる。

「ねえ、化粧気になる？ 実はね、この数日メイク動画見てめっちゃ勉強した」

「やるな。明らかに、前より滅茶苦茶可愛くなった」

「本当？ 嬉しい。でもさ……」

「違った。〝前も〟滅茶苦茶可愛かった、だな」

「はい100点満点」

「そして、〝これからも〟滅茶苦茶可愛い、だろ」

「ボーナス100点加算しちゃう」

お互い機嫌がいい時の、いつもの会話。

天気も良く、少し微風の冷房をかけた快適な車内。

元々趣味でオンラインゲームをやっていた時出会った事もあり、話も合うし元々仲は良かった方だと思う。普通なら弾まないわけが無い。

もう10年も前の話だが、その名残《なごり》が名前呼びにあるのも、以前までは「いつまで若い頃を引きずってるんだ年相応になれよ」という怒りがあったものの、今では綺麗さっぱり気にならない。

「なんか、アラン雰囲気変わったね。あの日大喧嘩した時から、人が変わったみたい」

何かあったの？と澄子は首を傾げる。

「別に。ただ、皆と今まで以上に対等に、平等に接したいなと思っただけ」

「何それ。よくわかんない」

「はは、そうだよな」

信号が赤。停車線でゆるりと止まる。

「澄子、ちょっと聞きたいことがあるんだ」

俺はいつも通りのトーンで話し始める。

「え、なに？」

「『ドンタゴス』って配信グループのメンバーの、マサアキって奴知ってるか？」

その言葉を出した瞬間。今まで上機嫌に肩を揺らしていた澄子の動きが、ぴたっと静止した。

僅か二秒程の空白。普通なら、違和感を覚えることもないだろう。

そう、普通なら。

「いや、全然知らないな。あ、勿論『ドンタゴス』は知ってるけどね？　でもどんな事してるのかとかは、まったく――」

「これ、見てくれよ」

俺は、スマホの画面を澄子の眼前へと翳《かざ》した。

信号機は赤色のままだ。

それは、『スミッシー』というハンドルネームのＳＮＳ。

そのダイレクトメッセージでのやり取り。

相手の名前は、『マサアキ』。

フォロワー数や投稿含めて何から何まで、そのアカウントは偽物たり得ない。

「え？ちょっと待……え？何で？」

青ざめた顔で何で、と連呼する澄子。

自分の配信用アカウントが特定され、尚且つ彼氏である俺のスマホでそれを表示され。

しかも、そのダイレクトメッセージのやり取りの文面は、恐ろしく生々しい事が書かれていて。

「やめて、ちょっと。ねえ、やめてよ」

『ドンタゴス』が炎上した時も、励ましのメッセージを送っていて。二人して友人関係を明らかに超えた間柄の言葉を掛け合い囁《ささや》きあっていた。

あの日の大喧嘩の時も。俺が仕事に出掛けたその日に――二人は会う約束をしていた。

「後輩に特定協力して貰ったんだ。それで、怪しくて匂わせの呟きが多いからそこから色々調べた。パスワードも、スマホ内のメモ帳に書かれてたから余裕で入手出来た」

「あのね、これは、ね、違うの、アラン」

「なんでもかんでも数字誕生日にする癖、止めた方が良いってずっと言ってたよな。まあそのお陰でログインまで漕ぎ着けられたんだけど」

「ねえ、聞いて。アラン。お願い、聞いて」

同じような言葉だけ吐いて力無く泣きつく澄子に、俺はただ一方的に喋り続けた。

その時の俺の感情は、何故か清々しいものだった。

ゴミの日を逃して何日も何日も溜まっていた家の中に放置してたゴミを一気に片付けられた感覚。アルコールを摂りすぎたあと胃の中のものすべて嘔吐して空になった時のような感覚。

交差する道路の信号機は黄色に変わる。同時に、言い放つ。

「お前、俺のスマホにGPSアプリ入れてただろ」

「何でその事――」

ハッとした表情を浮かべて。澄子は、思わず口を塞ぎ向き直った。滑らせたものは災いの因《もと》。

ＧＰＳアプリ。その事に気付いた理由は、よくは解らない。

だが何故か。何か感覚的に、もしかしたら入ってるかも、と思ったのだ。

すると、案の定しっかり調べると見覚えのないアプリが巧妙に画面から見にくいよう隠されていて、そこで澄子の仕業でしか有り得ないと気が付いた。

今まで俺のスマホで変な理由をつけて買い物をしたりしていた、澄子以外有り得ない。

「あの……それについてはごめん、そんな事言う資格ないかもだけどさ、ちょっと不安になって」

「いいよ別に」

軽く微笑《ほほえ》む。呆然とする澄子と目が合う。

「俺さ。人のこと見下すのは止めてさ。対等に、平等に接する事にしたんだ」

俺は、そう言ってアクセルをゆっくりと、ただゆっくりと重たく踏み抜いていく。

信号機は、勿論青色だ。

「アラン？　ねえ、どうしたの？」

「内緒でアプリを入れられて、プライバシーを監視されてたんならさ。俺だって、対等に平等に澄子のプライバシーを侵害しても良いってことなんだよな」

「ねえ、アラン。どうして、ハンドルから手を離しているの？」

アクセルは踏みっぱなし。当たり前のように車のスピードは上がる。

「ねえ、ちょっと。本当にやめて。前を向いて。ねえ、アラン！ねえってば、アラン⁉」

声は、車内に反響する。車のスピードはどんどん上がる。

澄子は、俺の服を引っ張り、小刻みに何度も揺らしている。

だが、俺はそんなことに構う気など微塵もない。

何故なら、すこぶる気分が良いのだ。

俺は顔を上げる。


その時、ルームミラーに映った自分の、目は。

紛れもなく〝あの目の色〟だった。


そうだ、思い出した。

佐竹が亡くなった事故。

あの時も、俺は車内で見たんだ。

フロントガラスを突き抜け刺さったポールだけでは無い。

交互になった、黄色と黒の色を。

何を見たのか、何で見たのか曖昧になっていたけれど。

ようやく思い出した。
佐竹の目、ではない。
佐竹の目に映る、俺の〝目〟だった。

その目に浮かぶのは〝警告色〟だ。
佐竹の発言は、俺を見下していた。
佐竹は俺を、可哀想だと思っていた。
だから、俺にも発現した。
俺が下だから。見下されるのは、耐えられないから。
気に食わない奴を、引き摺り下ろしたかったから。
佐竹を事故に見せかけて殺そうと思った。
だから、ハンドルを咄嗟に左に切った。
佐竹の乗車席部分だけ、潰れますようにって。

でも、今は違う。
俺は、平等を愛したい。澄子と、対等な位置で居たい。
だから、これは罰だ。

今まで見ようとしなかった自分の、そして誰かへの確かな贖罪《しょくざい》なのだ。
それなのに、それなのに。
それならば、何故俺の今の目には〝警告色〟が蠢いているんだ？
あれ、そもそも〝警告色〟の目に成る奴らは、どういう奴らなんだっけ？

俺も結局は『あいつらと同じ』って事だ。
だから、病院のことが感覚的に解ったのか。
そんなことを考える。まあいいか。
もう色々とどうでもいい。

前を指さし無邪気に泣き叫ぶ澄子の横顔を見つめながら、堪らなく愛おしいと思う。
こんなに良い心地になるなら、早く開き直っておけば良かった。
頬を、目から零れた何か小さくてあたたかいものが撫ぜていく。
それが何かは分からないが、なんて気持ちいい。なんて喜ばしい。
ああ、なんて幸せなんだろうな――

この世界の何処かで、また交通事故が起きた。
表面上の理由は、不注意で。
本当の理由や経緯は、誰も知らない。
運悪く後続車は列に並ぶ事を、または迂回《うかい》を余儀なくされた。
そしてまた、誰も望まず。
誰一人として幸せになる事の無い、交通渋滞が始まった。

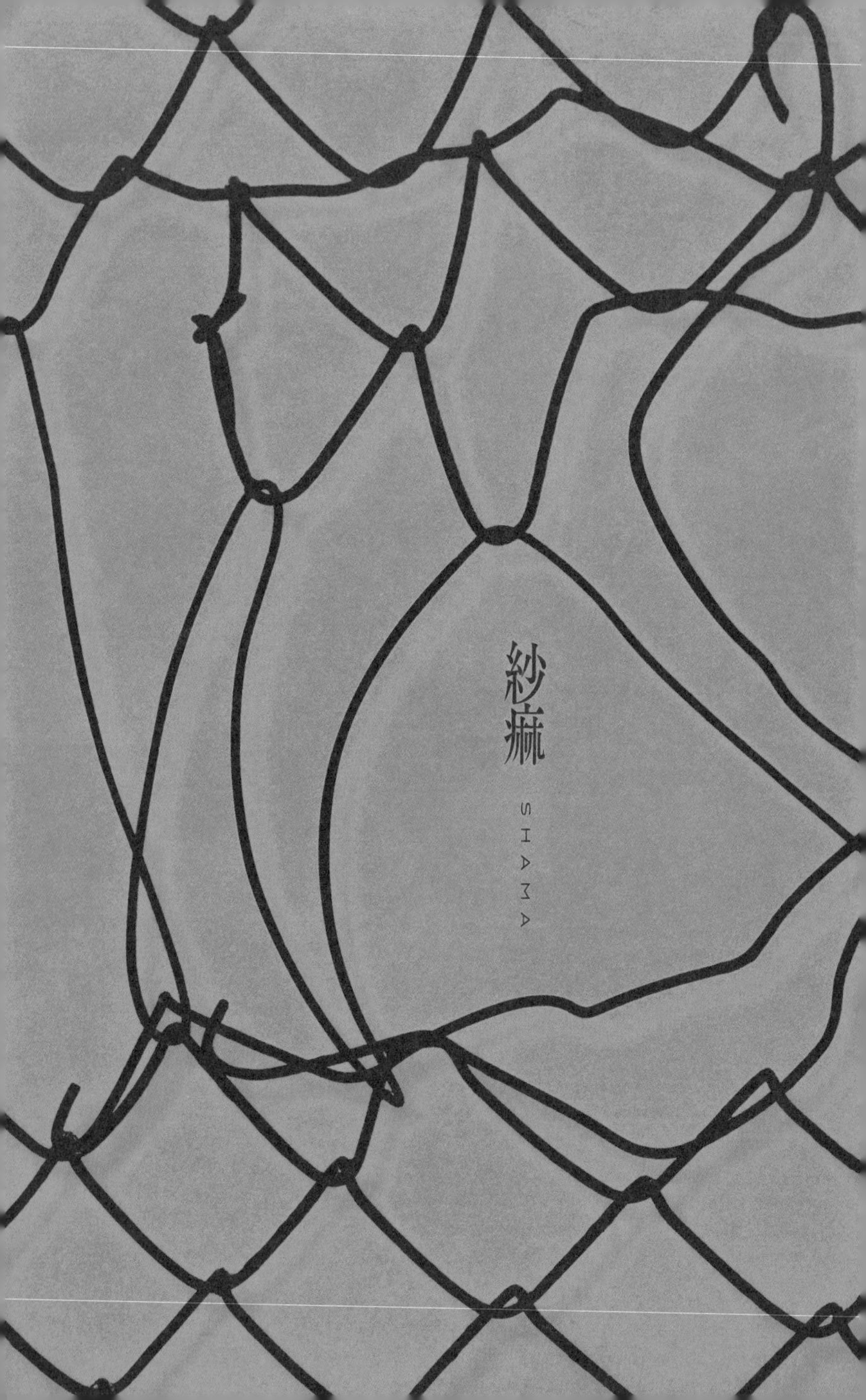

紗麻

S H A M A

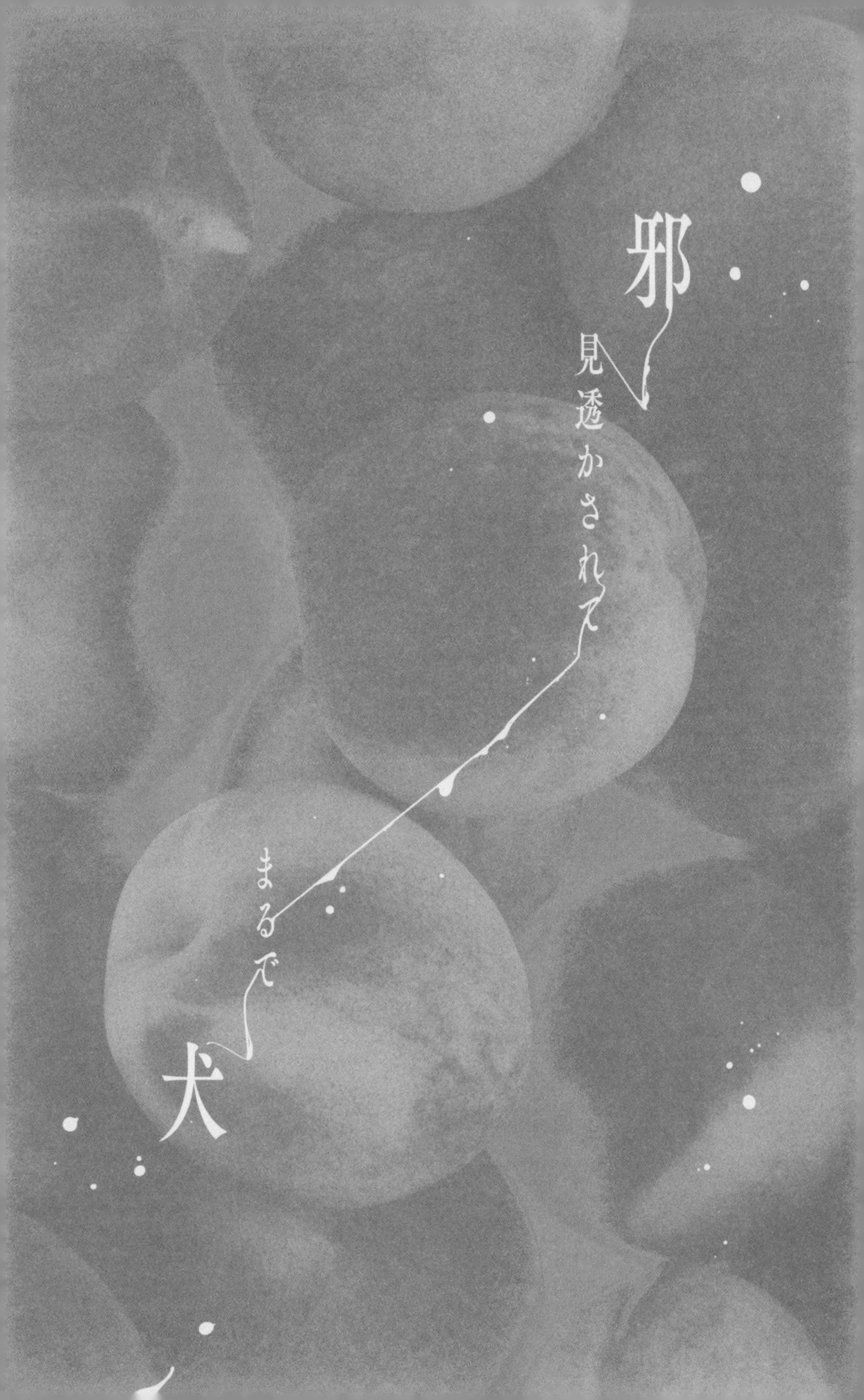
邪
見透かされて
まるで
犬

1章

その接吻《せっぷん》は、霧消《むしょう》という言葉の様に一瞬で、しかし走馬灯の様に長く濃い熱が秘められていた。

建物の裏の空き地、伸び放題の草花、二人を覆う薄い影。

柔らかな風が初々しい髪と肌を撫でる。

自分達が踏んだ辺りの草や花を磨り潰した様な匂いが、鼻腔《びくう》を通過する。

耳には少し遠く離れた場所で遊ぶ、数人の友人たちの愉快な声が鳴っている。

誰も見ていない。たった一瞬、人の目が外れただけの、自分達しかいない静かな世界。

そしてそれを「過去の自分」を。特等席のような場所で、成長した今の自分が見ている。否、脳に見せられている。

幾年経っても褪《あ》せず削ぎ落ちる事の無い憂いと悔悟《かいご》が、もうじき生まれる。

子供ながらに内緒にする事は、秘密にする事は、出来た筈《はず》だ。

気の所為《せい》だったと。勘違いだったと思い込む事も、言う事も出来た筈だ。
なのに過去の自分は、これから告訴するのだ。
自分は被害者だと。
友人達に、喧伝《けんでん》するのだ。
目の前で不安と羞恥が入り交じった様な表情の少女を観る。
それに対して、ただただ混乱と奇妙な高揚感が渦巻き、何の感情の整理も出来ない
幼き顔の自分も、同時に視界に映る。
目を逸らす事は許されない。自分の脳が、心がそれを許さない。
自分達二人だけだった世界を打ち壊すかのように、過去の自分はその場から立ち去る。
　そして、友人達に大声で呼び掛ける。
「――が私にキスした！　気持ち悪い！」

覚醒した直後に眼前に広がるのは、見慣れない無機質な天井だ。
汗で濡れた服が肌に、髪が頬にべっとりと張り付いている。

バネも無い簡素で硬いベッドが無骨に力無く、横たわる身体を押し返している。

そうした実感があってようやく自分が元の現実に戻ってきたのだと知り、癖となった溜息《ためいき》を吐《つ》くと共に安堵《あんど》する。

時計も窓も無いため今が何時かは分からないが、監房棟全体の明かりは、刑務官が囚人達の寝顔を見られる程度に調整されている。そして、真横のベッドでにやにや笑う女が眠気の無い様子でこちらを見詰めている。


「よう、新人。始業のベルには未だ早いぜ。早速魘《うな》されて楽しそうだったな」

翡翠《ひすい》色のカールした毛髪、切れ長で挑発的な目。首には複雑な模様のタトゥー。他人を小馬鹿にしたような声色とにやけ顔を浮かべた女が、遠慮の無い声量で話し掛けてくる。

「埃臭い部屋にうら若き女、二人きり。さながらここは教会の懺悔室《ざんげしつ》だな。悩み事があるなら話してみな？　優しいシスターさんが色々教えてやるぜ」

何が楽しいのか分からないが、女は無力な子供を構いたくて仕方無いといった様子で、うざったくはしゃいでいる。

「なんだっけな、アタシ動物には詳しくないから忘れちまったんだけどさ。お前、その変な耳のせいで外でなんてあだ名で呼ばれてたんだっけ？」

「……ロップイヤー」

感情の無い、ぶっきらぼうな物言いでそう返す。

変な耳、というのは明らかに正しい。耳介《じかい》が他人よりも明らかに大きく、まるで兎《うさぎ》のとある品種のように垂れ下がった耳だからだ。

「ああそうそう、それだそれだ。でもま、どうせまた忘れそうだから、ウサギちゃんで」

適当な態度と物言いで、けらけら笑う女。

ロップイヤーと答えたもう一人の女は、無言で視線を逸らすように体を回転させ、それに背を向ける。

「なんだよ、せっかく起きたんだったらまだまだ楽しくお話ししようぜ。何してぶち込まれた？　刑期は？　ヤッた回数は？」

その後も続く下卑《げび》た質問群に、ロップイヤーが微塵《みじん》も動かず触れず沈黙で答えを返すと、しばらくしてからこちらにやってきた女が、耳元で囁《ささや》くように呟《つぶや》いた。

「これから一杯仲良くしような、ウサギちゃん。反抗的なのは大好物だ」

まるで蛇のように、舌なめずりする音が聞こえて、そして静かになる。再び意識が闇の中へと落ちていく。

そして、祈る。もう二度と、あの夢を見ませんように――と。

けたたましい音のベルが鳴り響いた。時刻にして6時30分だが、時計を持たず見る機会もない囚人達がそれを知る由もない。コルメネア女子刑務所の一日の始まりを告げる合図だ。

檻の前に立ち、番号の点呼が始まる。
3１5、とロップイヤーが自身の囚人番号を告げた直後に、とある人物がまるで威嚇するかのように硬いブーツで大きな足音を立てて近づいてきた。
ひとつの汚れも無いが、規律と厳格さが染み付いているのであろう制服に身を包んだ女看守は、ペルシコンという名の主任刑務官であった。

そして突如としてロップイヤー達の前に立ちはだかり、鋭い眼光と共に静かに言い放った。

「昨晩、減灯後にこの房で話し声がしたと報告があったが、何か心当たりはあるか？」

明らかにぴりっとした緊張がこの場で走る。他の囚人の点呼は滞りなく続いているが、まるで自分達にはまったく関係ないと言わんばかりに、皆必死に見て見ぬ振りで自身の番号を唱えていた。

「3１5番、貴様は昨日から服役だったな。教えておいてやる。減灯後の私語及び許可無き発言は厳禁、発覚次第即懲罰だ。さて、もう一度問おう。心当たりは？」

「……ありません」

そうロップイヤーが発した途端、左頬に激痛が走った。

鈍い光沢のある黒色の革手袋で包んだペルシコンの振り下ろされた右手を見て、凄まじい力と速さで叩かれたのだと気付いた。

次いでロップイヤーの名の由来となった、大きく垂れ下がった耳を強い力で引っ張り上げられる。

「貴様のこのデカい耳は飾りか？　許可無き発言は厳禁だと言っただろう」

突然襲い来る理不尽と痛みに苦悶の表情を浮かべていると、視界の端ににやけ面が入り込んで来た。腹の奥から少しばかり何か黒いものが込み上げ、ぎりと歯噛《はが》みする。

「どうやら貴様はお喋りが好きらしい。収監初日に〝独り言〟とは、余程甘ったれた環境で生きてきたのだろうな」

そう言われて瞬時に否定の言葉を口にしようとしたが、鋭い眼光に突き刺されて憚《はばか》られた。

「罰として本日昼過ぎの刑務作業時間を倍に延長する。独り言を止めなかった314番も連帯責任だ、同じく時間を倍にして過ごせ」

そう言い捨て、乱暴に耳から手を離したペルシコンは部下の刑務官を引き連れ去っていった。

その後朝食になるまでに室内を整理・清掃し、刑務作業工具の点検を同室者と共に行う。その際、同室の女は含みのある笑みを浮かべて言う。

「あーあー、どうしてくれんのさ。アタシの作業時間も余計に増えちゃったじゃねえかよ。初日から皆の注目集めて、意外と目立ちたがり屋か？」

入所前にはピアスを複数刺していたのだろう、穴は塞がっているが凹凸のある舌をちろちろと見せている。

「……これはあなたの指図？」

未だじんと熱い頬に耐え、抑揚の無い声で尋ねる。肯定も否定も無く、ただ女は小さく鼻を鳴らす。こんな事はこの場所では日常茶飯事で、軽々しい出来事だと。そう言わんばかりの態度だった。

「トマトナ。アタシの名前だ」

そう名乗った女は、あちこちがあかぎれや切り傷まみれになった無骨な手を差し出す。

「ま、自分の身のために、仲良くしとくのが吉だぜ。ここじゃ皆無知な小動物に飢えててな、愛《め》でたくて仕方ねえんだ」

ロップイヤーは、差し出された手を一瞥だけして、特に触れず握り返すことも無くまた清掃を再開した。

「後悔するぜ、お前」

ぽつりとそう呟くトマトナの様子は、特に激昂するでもなく、淡々とかつ飄々《ひょうひょう》としたものだった。

後悔。そんな言葉は、何度も己の中で生み出し飲み込み嚙み砕き、消化してきた。その連鎖を幾度と無く繰り返した。だが、終わりは無い。最早、自分はその言葉と一体化した存在であると言っても過言では無い。

瞬間、フラッシュバックするかのように蘇る自身の過去が、罪が、脳内で染み込んで広がっていく。何時《いつ》になれば、ここから抜け出せるのか。いつになれば、本当に許されるのか。

何ひとつとして明らかにならないまま、鬱屈と陰湿が立ち込めた場所での日々が幕を開けた。

質素な朝食が終わると、刑務作業に入る前に臨時の朝礼の知らせがあり、講堂へ集合するよう指示があった。番号順に一列に並び、長い廊下を歩いていく。

計三つの鉄製縦格子のゲートを通り、その長い廊下を越えると、寥廓《りょうかく》たる中央部屋が広がる。部屋の真ん中には巨大な監視管理部屋があり、刑務官の人数も多数割かれているようだ。近くの階段を下りるとそこからまた長い通路が延びている。監房に繫《つな》がる廊下と異なる点として、幾つかの扉があって、刑務作業部屋にシャワー室、講堂、図書室、美術室、プレイグラウンド等、諸々生活の為の施設が存分に設けられていた。通路奥の扉の先には問題のある囚人が入れられる特別監房がある様で、そちらは刑務官達が常に立って見張っている。

指示通り講堂に入ると、目の前の舞台上の端には、数人の刑務官だけが微動だにせず立ち尽くしている。これが何ゆえの集合なのかは耳を欹《そばだ》てていたロップイヤーには解ったが、周囲の不思議そうな様子とざわめきは次第に大きくなっていった。

やがて、硬く大きな足音と共に主任刑務官のペルシコンが前方の舞台上に現れた。それと同時に、ピタッと先程までの騒々しさが嘘《うそ》のように止んで辺りを静寂が支配する。

次いで眼帯が目立つ、また他の刑務官達とは一風違った制服を纏《まと》った長身の女性が、印象的な赤髪を携えて登場した。そして、特にマイクも無しに囚人達全員に届く、凜《りん》とした声を響かせる。

「諸君、おはよう。私は所長のルスキャンディナという。昨日は新人達の入所日だったというのに、急用が入り朝礼が出来ず申し訳なかった。以後、宜しく頼む」

礼儀正しく誠実な雰囲気と、そして有無を言わせぬ程に強く、だが静かな威圧感が込められた言葉に皆聞き入った。

「皆も既知の事実だとは思うが、ここコルメネア女子刑務所は計6つの棟から成る刑務所だ。各々の棟で収監される者の選定は、罪状及び事前に収集した個人のパーソナリティや経歴によって区分される。つまりは棟ごとに役割、社会復帰プログラムの内容等が少し異なっている。加えて――」

そこからはこの刑務所で暮らしていく上での心構えのようなものが並べ立てられた。自らの行いを悔い改め、模範的な態度で生活を送れだとか、更生だとか社会復帰だとか、当然の事かつ教科書通りの様な面白みの無い内容にロップイヤーは辟易《へきえき》し、物理的に耳を少し閉じた。

この大きな耳は自身の人生に付きまとう忌むべき身体形質ではあるが、聞かなくて良い、反吐《へど》が出ると判断したものを拒絶し遮断出来るのは、自らの仄暗《ほのぐら》い性格と合っているなと常々思うのであった。話の中で唯一興味があったのは、文化的な生活への自然な接続、社会的意識の萌芽《ほうが》を期待し推奨されると述べられた図書室や音楽室等の芸術分野の話のみであり、自由時間が与えられるなら行ってみようとだけ考えていた。

形式的な長話がようやく終わり、最後にルスキャンディナ所長が横に立つペルシコンに手を差し示した。

「生憎私自身が諸君らに干渉する事はほぼ無いが、全体の棟の規律及び統制はすべてこのペルシコン主任刑務官に一任している。彼女は4号棟の主任刑務官ではあるが、非常に優秀で人道的、尚且つ常に的確な判断を下す事が出来る随一の人材の為、全棟の総監督も務めてもらっている。皆は彼女の言い付けに従順に、模範的意識と思い遣りに溢《あふ》れた行動を心掛けるように」

一歩前に出るペルシコン。あの先程も間近で見た鋭い眼光が、何も言わず囚人全員を見下し睨《ね》め回していく。先程の理不尽な体罰を想起し、あれが人道的？　的確な判断？　と疑問を感じた者はおおよそ自分だけでは無いのだろうとロップイヤーは肌で感じる。恐らく常日頃から些《さ》細《さい》な事で自分以外にもあのような行為を行い、心も空気も支配しているのだろう。そして一方出世だか高評価だかの為に、上司達には良い顔をしているという事か。

所長からの絶対的な信頼に基づく権力と自負心、この刑務所は自分の庭であり、そしてお前たちはそこで飼われているだけの汚い家畜、と言わんばかりのたった一人の冷たい視線と存在が、講堂内に一気に暗い影を落とした。

「神はいつでも我々の全ての行いを見られている。それでは諸君、刑期を全うする事で隣人を慈しむ心を取り戻し、文化的で秩序ある暮らしを営んでいくように」


最後に締めの言葉があり、この刑務所でのヒエラルキーとルールが全員に程度の差はあれ知れ渡った所で、講堂から解放。各自刑務作業へと移った。

ペルシコンは別の業務をしているのかこの場にいないが、敷いたルールは徹底されており、作業中私語を扱うものは皆無で、排泄に行くのにも挙手して許可を得る必要があった。

何の意味があるのか、どう社会の役に立つのか結び付かず解らない単純作業をこなしていく。ロップイヤーからすれば、こうした工具での作業ほど楽なものは無いし永久に続けられそうな程《ほど》得意分野だった。また席にはランダムで座らされるため隣には同室の五月蠅《うるさ》い蛇女も居ない。かなり集中出来た。

入所前に送っていた、過ちを犯せば死と隣り合わせの生活と仕事より、遥《はる》かに平穏で素晴らしく退屈なものだと考えていた。

黙々と作業をこなした後は、昼食となる。沢山の人間で溢れかえった近くの食堂に入り、空いている場所へ腰掛ける。古びたパイプ椅子の足の滑り止めが摩耗して欠けているようでぐらつくが、今更別の場所へ移動するのも面倒なのでその場にステイした。

受刑者の数人が通路に沿って巨大なワゴンを手押しして、その上に載った多くの食事を盛り付けたステンレスプレートを、座っている者達に順々に配膳していく。この係を任されるようになるのは、どれほど模範的な生活と態度を送ったと評価される者達なのだろうとふと考えた。

ワゴン上には粉ミルク缶、哺乳瓶等もありこの場所との余りのそぐわなさに少し驚いたが、獄中出産し引き取り手のない赤子や幼児と共に暮らす四人専用のものだと気付いた。

適当な場所に座ってワゴンがやって来るのを待っていると、トマトナが出す必要がない大きめの声を噴き出して、隣に乱暴に座り込んだ。錆《さ》びたパイプ椅子が小さく悲鳴を上げる。見たところ、トマトナは食事のプレートを既に持ってきていた。つまりわざわざ席を移動してロップイヤーの隣に座りに来たということだ。面倒だな、と言わんばかりに癖となった溜息を吐く。

「さてメシの時間だぜ、ウサギちゃん。今日のメニューはなんだろうな。ちっこいんだから一杯食えよ」

ふとした疑問を口にする。

「……あなたはどうして僕に構うの？」

しかし、それに対する応答は無く。

「おい来たぜ、早く受け取れよ」

そう言われ視線を通路側に向けると、配膳係の囚人から直接プレートを差し出されていた。

それを無言で受け取り、テーブルに置いた瞬間、べちゃという音と共にソース付きの大きめの肉団子の半身を載せられた。

「ほら、分けてやるよ。たんと食いな」

けらけら笑うトマトナ。少食のロップイヤーが無言で睨《にら》み付けるも、

「何だその眼は。まだ足りねえみたいだな？」

無理矢理、自身のスープの皿に勢い良くスープを注ぎ込まれる。ロップイヤーの反抗心など意に介さないといった様子で、無神経に乱雑に自身の食事を口に幾度も運んでいく。そして偉く上機嫌な様子で、咀嚼《そしゃく》しながら喋り掛けてくる。

「あっという間に半日過ぎたろ？初日とは思えない堂々っぷりだな、お前」

雰囲気が辛気臭くて馴染んでるとは言えないがな、と付け加え、パンに齧《かじ》り付く。そしてその断面を先端に眼前へ突き付けてくる。

「どうした？早く食えよ」

にやけ面でそう問うてくるトマトナ。

見え透いた、明らかで解りきった、そんな挑発である事は間違いない。

……仕方無い、と。

ロップイヤーは一度だけ、癖となった重い溜息を吐《つ》き。

そしてなみなみと注がれて零れそうなスープ皿を手に取り——わざと床に落とした。

金属製のトレイが落ちた事でけたたましく響く伸びのある音。飛び散る大量の液体、細かく刻まれ申し訳程度に入っていた具材。

そして。

かなり小さくはあるが、錆びた部品や虫の死骸、生ゴミのような明らかな異物も混ざっていた。食堂は相変わらずの喧騒ではあるが、彼女らの周りを囲む囚人達の視線はしっかりと集めていた。

そして、トマトナの顔からは、いつもの笑顔が消えていた。ただただ、冷酷で鋭い目付きをロップイヤーへと向けていた。

「どういうつもりだ？ 説明しろよ」

「……解った。でも、僕の前に話を聞いた方が良い人達がいるんじゃないかな」

「あ？ それはどういう」

「……前方三列目。左端に座っている金髪ショートと黒髪ドレッドヘアの二人組。ずっとあなたと僕が、異物入りのスープを食うか食わないかで賭けをしてる」

トマトナがまず床に零れたスープと異物を見て、その後に前方へと目を向けると、確かに言われた特徴と場所が一致する二人組の女達が、口元を隠しひそひそしながら時折こちらの様子を窺《うかが》っていた。そしてトマトナの蛇の様な視線に気付いたのか、突如驚いたような様子で即座に見ない振りを決め込んだ。

「おい、馬鹿言うな。こんな騒がしい場所で、連中の内緒話が聞こえるわけ無え……」

そう疑ったトマトナの言葉は、喉奥へと突き返された。

目に映るのは、髪を掻き分ける仕草の様に垂れ下がった大きな耳を上げていたロップイヤーだった。常人より明らかに大きく開いた耳の穴が見えて、それが何を意味するのかトマトナはようやく理解した。

こいつは、本当に聞いたのだ。二人組の会話を。この垂れた耳は、普段は恐ろしい程に働く聴力を、穴を塞ぎ抑える〝弁〟のような役割をしているのだと。ロップイヤーは、溜息をひとつして。持ち上げていた耳を下ろし、仕事を終えたような雰囲気のまま告げる。

「……早く行った方がいい。恐らく、朝に僕たちの事を主任刑務官に密告したのもあの二人組だよ。何の目的かは知らないけど」

そう言われてトマトナは少し悩んだ顔をした後に、ガタッと音を立てて勢いよく立ち上がり、すぐさま二人組の元へと向かった。それに気付いた彼女たちは逃げようとしたが、通路から別のワゴンが来ていて、退路を完全に塞がれていた為不可能だった。食事終了時間、扉付近の刑務官が持ち場を離れたと同時、怯えた表情の二人を取り囲むように、トマトナの合図で集まった他複数人の囚人達に連れられ何処かへと去っていった。

夜、滅灯までの短い自由時間。監房室へと戻ってきた二人は、会話をした。

「昼は助かったぜ。あいつら、アタシ達に悪戯《いたずら》するよう命令を受けてたんだってよ。まあしっかり遊んでやったから、二度と舐めた真似はしないだろうけどな」

「……そう。それは良かった」

他の人間の話を盗み聞きしたところ、どうやらここの刑務官達は賄賂を支払う事で、囚人同士の諸々の諍《いさか》いも見て見ぬ振りするらしい。具体的に何を行って情報を引き出したのかは聞きたくもないが、やはりトマトナは賄賂を簡単に手に出来る立場、そして手馴れた雰囲気や、使役出来る仲間達がいることからして、この4号棟の囚人達の中でもかなり上級の存在なのだろう。そうぼんやり思考しながら本を読むロップイヤーに、トマトナが問い掛ける。

「なあ、どうして朝の件があの二人組の仕業だと解った？」

「……朝、耳を引っ張られた時、視界の端にあの二人がにやけ面して笑っていたのを覚えていた。そこから疑念を持って、さっきの食堂での会話と様子で確信した」

「でもお前、あれは全部アタシの指図だと思ってたんだろ？」

「……あなたの指図だと思ったのは、昨晩の会話を独り言扱いされた事が、あなたにとって都合が良過ぎたから。でもそれならば、あなた自身のスープにも異物を入れたりなんかしない」

特に言う事はなかったが、恐らく新人をからかってやろうという気持ちもあの二人組にはあったのだろうし、ペルシコンのストイックな性格を知っているならば連帯責任を持ち出してきてトマトナにも結果ダメージを与えられる、と解っていたからだろうともロップイヤーは考えていた。

ふうん、と鼻を鳴らすトマトナはまた尋ねる。

「自分のにも入れた上で、お前のスープに更に異物を足したかっただけかもしれないだろ？」

「……回り諄《くど》いし、その後の刑務作業時間が増えて体力が要るのに、自分の食事を1品無駄にしてまでやる事とは考えにくい。それに完全に確信したのは、あなたが僕の皿にスープを注いだ時は、混入がバレたのか？　って彼女たちが肝を冷やしてたみたいだったから」

「何だよお前、陰気かと思いきや結構喋れるヤツなんじゃないか。凄まじい〝聴〟能力も持っているしな」

そう言って身を乗り出して垂れ下がった耳を触ろうとすると、ロップイヤーは流石に読書を中断し手を翳《かざ》して拒んだ。冗談だって、と体勢と話を元に戻す。

「ま、これで解って貰えたと思うけどよ。正真正銘、混じりっけ無しの気持ちでアタシはお前と仲良くしたかっただけなのさ」

「……解ったけど、本当に仲良くするかは別の話」

「いいねその態度と度胸、嫌いじゃないぜ」

ちなみにな、とトマトナは調子を変えた声色で話す。

「あの二人、さっきみたいな事は全部ゲロったが、指示を出した奴は結局不明だ。何故かっつーと、匿名で図書室で借りた本の中に指示が書かれた紙と報酬の金だけが入ってたらしい。成功の可否は問わず、実行だけで更に追加報酬もあるとな」

「……何の為に。それをして誰にメリットがあるの？」

「さあな。それはおいおい調べていくとして、だ。とりあえず今回の件についてご褒美をやるよ。何でも欲しいものをひとつプレゼントだ」

急に何を寝ぼけた事を、と言うつもりで思わずトマトナの顔を見るが、嘘を言っているようには見えない。何か刑務所外の物を調達出来るツテがあるのだろうか。気のせいか少しばかり優しくなったような、いつものにやけ面を浮かべて蛇の様な女は言う。

「明日の昼食までには考えときな。ただし、大きすぎる物は駄目だ。〝入らない〟からな」

翌日の昼食時、幾分かの食事や水を入れたカップを載せたプレートと、何故か粉ミルク缶をトマトナから持たされたロップイヤーは共にとある場所へと向かった。

「よう、毎度御苦労な事だな」

地下1階の廊下奥、特別監房に繋がる入口の鉄格子の扉の前。そこに立っていた男性刑務官がトマトナに声を掛けてきた。横にいるロップイヤーに対して、見慣れない顔だなという少し怪訝《けげん》なものを見るような目を向けたが、

「今日はこいつが『シッター』だ」

トマトナがそれだけ言うと、刑務官は成程《なるほど》と頷いた。次いで門が解錠され、ロップイヤーは特別監房へと通される。目的の場所へと刑務官と共に歩いていく。

『さて聞こえるか、ウサギちゃん』

トマトナの声だ。返事の代わりに2回、足で床を強めに叩く。

刑務官達は少し不審そうにこちらを見たが、靴の履き心地を整えただけかと自己完結し、何でも無かったかのように歩き続けた。

『はは、本当にすげえ特技だな。無線機要らずかよ』

トマトナは特別監房に入る前の少し離れた場所で、独り言を喋って指示を飛ばす役目のようだ。先程の靴音もかろうじて聞こえたらしい。ロップイヤーは少し耳を持ち上げながらその声を聞いて歩いていく。

『なんてことはねえ。これからお前はその食事を、檻の中の囚人に食わせてやるだけだ。それと引き換えに、「玩具箱」の中にある欲しい物を取ってくれれば良い。簡単だろ?』

昨晩、トマトナから同じ旨の説明があったが、結局そのこれから向かう場所にいる囚人——

〝ミセス・マドレー〟の情報も、そして箱についても具体的な事は何も言わなかった。何を聞いても、行けば解る、何でも手に入るとはぐらかされるだけだった。とりあえず従うしかないか、と半ば諦めの気持ちで溜息をつく。

『ああそうそう。ウサギちゃん、ひとつだけ言っておくがな』

トマトナからのそんな飄々とした言葉の後。それまでの軽々しい態度が嘘のように、真剣な声色で紡がれる。

『失敗したらただじゃ済まないぜ』

それはどういう意味なのか、と聞き返す事は勿論出来ず。

その特別な囚人――〝ミセス・マドレー〟が収監された檻の前に辿り着いたロップイヤーは、思わずぎょっとした。

明らかに異様な光景を目にしたのだ。

人間風船。そんな言葉が脳裏に浮かんだ。そこにいたのは裸体の、女だ。

だが服は着ていないのでは無く、着せられない。身体のそこら中のありとあらゆる肉が膨れ上がって、あちこちの血管が大量の蚯蚓《みみず》のように醜く浮いて出てきている。

身体中を多数の点滴とチューブで繋がれており、普通の監房より広めに設計された部屋の隅奥で、鉄製の脚が湾曲して沈みこんだベッドの上に、辛うじて乗せられていた。否、ほとんど一体化しているに近い形で固定されていた。

部屋の中も、子供部屋（恐らく獄中出産した子供としばらく住む為の部屋なのだろう）のようなデザインが施されており、監房とは思えない程の異彩を放っている。子供部屋には似つかわしく、辺りには人形や玩具の類いのものが乱雑に散らばっている。

そして特筆すべきは、様々な物が煮詰められ混ざった様なとてつもない異臭が立ち込めており、ここまで同伴してきた刑務官も嫌悪で顔を顰《しか》めている。檻にロップイヤーを入れて施錠した後、辛抱堪《たま》らんといった様子でその場から遠く離れた場所へと避難する。終わったら入口のブザーを押して自分を呼べとだけ、台詞を残して。ロップイヤーが生まれて初めて見た余りにも巨大な人間に、暫く呆気に取られていると。

「ああ。きょうは、あたらしい子なのね。どうぞ、こっちへ、いらっしゃい」

笑ったのか、それすらも解らない程窮屈そうに詰まった頬肉を動かして、ミセス・マドレーのくぐもった声が鳴る。

恐らく喉や鼻も肉で塞がって、満足に喋れないのであろう。ロップイヤーが彼女の右側へと寄ると、左手に持っていた赤ん坊の姿の人形を持ち上げ、ぺこり、と会釈させた。そして精一杯に幼く調整した声色で言う。

「こんにちは、あたし、マドレーよ。よろしくね」

そんな愉快におどけた様子に合わせて、よろしく、とロップイヤーも会釈すると、ふふと声を漏らし更に喜んだ様子を見せた。そこでは異臭や恐ろしい光景とは真逆の、穏やかな雰囲気が漂っていた。

次いで食事を持ってきたと伝え、粛々と準備に取り掛かる。

「きょうの献立は、なにかしら」

尋ねられたので、野菜煮込みスープとバゲット、トマトソース仕立ての豚肉等があると伝えた。ミセス・マドレーはそれを聞いて小さな咳を繰り返し、その後すぐ喜んだ様子を見せた。

「わたしには、これが、この口で直に食べ物を味わうときだけが、唯一のたのしみなの。いつも、トマトナには、おせわになっているわ」

うふふと上品そうに、だが死にかけの獣のような喘鳴《ぜんめい》混じりの声を出しながら、彼女は繋がれたチューブへ目配せする。どうやら、彼女は何かしらの大病を患っており、普段は経管栄養や点滴を食事の代わりとしているようだった。

近くに脚立があったので、それを立てかけ上り、丁寧に食事をその口元へと運んでいく。下手すると腕ごと丸呑みされてしまいそうな程に、大きな口をあけて彼女はスプーンの上の食事を几帳面に咀嚼する。

ゆっくり味わうように食事を楽しむ巨大な女を脇目に、部屋の観察をした所、様々な物が入ったビッグサイズのカラフルな塗装の木箱が目に付いた。どうやら、あれがトマトナが言っていた『玩具箱』らしい。

休憩もせずあっという間にプレートの上をすべて平らげ、カップの水を一気に飲み干したマドレーは、満足そうに巨大な曖気《あいき》をひとつし、地鳴りの様な音と共に喉を鳴らした。そして、安らかな様子で目を瞑《つむ》る。どうやら食事の時間は終わったらしい。

脚立から下りたロップイヤーは、食器や辺りに散らばった玩具を片付ける振りをして、玩具箱へと近付いた。

ほとんどガラクタ入れ、ゴミ箱のようなものと化しており、中には明らかにこの刑務所では危険物と見なされて没収されそうなものが大量に入れられていた。彼女の精神的な治療の為、特別に持ち込まれた玩具を分解した時の部品等が大半だろうか。成程、何でも手に入るとは言い得て妙だ。耳を持ち上げ周りの音を聞くに、外の刑務官達も不審そうにしている様子は無い。

その中から欲しかったものをすぐに見つけ、それを粉ミルク缶の中の粉末に埋めて、空になったプレートの上に載せる。任務完了、と呟くようにしてその場から出ていこうとした、その時。

「ねえ。あなた、どこに、いくの?」

ごり、と。肩を摑《つか》まれた。凄まじい握力で、ロップイヤーの柔《やわ》な皮膚と肉を貫いて、骨まで摑まれているような感覚が走る。

「まだ、この子の食事が、おわってないじゃない」

激痛により声が出そうになった刹那《せつな》、身体が宙に浮いた。

摑まれて、浮いている。肩の関節は、言うまでもなく完全に外れていた。そして、彼女——〝ミセス・マドレー〟のもうひとつの手には、人形が握られていた。ロップイヤーは瞬時に理解した。

「どうして、みんな、あたしを無視するの？」

人形の名は、〝マドレー〟だった。〝あたし、マドレー〟と。先程そう挨拶したではないか。てっきり粉ミルク缶は、取ってきたものを隠すだけのものだと思い込んでいた。これは、ミセス・マドレーが本当に生きていると思い込んでいる赤ん坊に差し出す為の、れっきとした食事だったのだと。

「わたしは、満腹でも。この子が、まだ食べてないのに、おなかすいてるのに。どうして、いこうとする？ ありえない、ありえないぃ」

次の瞬間、凄まじい超音波みたいな金切り声がその巨大な口から世界へと飛び出した。悲鳴のような、怒号のような、余りの声量と高域に、ロップイヤーの過敏な耳が拒絶反応を起こしたように鼓膜と三半規管を激しく叩かれた。そして、肩を握る力が更に増していく。

これは——砕ける。凄まじい速度で抉《えぐ》り寄ってくる苦痛が、脳にそう確信させた。揺れる視界と痺《しび》れた頭の中で、ロップイヤーは必死の抵抗と言わんばかりに持っていたプレートにあったフォークを握り締め、思い切り芋虫の様に膨れ上がった手の甲へと突き刺した。防衛本能に近い、反射的な行動だった。

だが、肉が分厚すぎてほぼダメージが無いらしい。何度も何度も突き刺すが、穴が塞がって血もほとんど出ていない。痛覚はそれなりにあるらしく、叫びながらその手に摑んだままのロップイヤーを、端の壁へと放り出すよう投げて叩き付けた。まるで癇癪《かんしゃく》を起こした子供が人形を投げ付けるかのような行動だった。小柄とはいえ、成人女性であるロップイヤーを軽々と投《とう》擲《てき》するなど、非常識的な腕力である。

背中や肩に走る激痛、衝撃。凄まじい緊張感が場と身体を支配する。追撃されるとまずい、と思ったがやはりベッドから動くことは出来ないらしい。監房の入口と彼女の距離は割と近い上に、施錠をされている。逃げる事は勿論無理で、助けを求めるのも困難。先程叩き付けられた衝撃から猛烈な吐き気が襲い来るが、何とか抑え込む。自慢で忌々しい聴力を活かし、ミセス・マドレーが現在ぶつぶつと呟いている言葉を聞き取る。

「おとうさん、おかあさん……どうして、あたし、マドレーのこと、どうして、ほっておくの? おなか、すいたよ」

しんじゃう、しんじゃう、と。幼い子供のような怯えた声で。嗚咽《おえつ》と共にすすり泣きながら、永遠にぶつぶつとそんな言葉を、凄まじく小さく呪文の様に繰り返している。

通常であれば恐怖に支配されてしまいそうな所を、ロップイヤーは違った感想を抱いていた。確かに暴力を受けたが、ミセス・マドレーが持つ哀しさや痛みが存分に伝わってきていた。

身体から伸びていた管が、幾つか取れてしまっているのも気付かずに、静かに嗚咽を漏らしている。

そして、思った。可哀想だ、と。どうにかしてあげたい、と。

だが――そんな優しさを芽生えさせた自分をすぐに殺すかのように関節が外れた肩を思い切り上げて元に戻す。それにより再び激痛が走るが、元の暗く冷静な自分へと戻ることが出来た。

こんな想いや甘えを芽生えさせる種は、この刑務所に入る前に焼き捨てて来た筈じゃないか。

自分は、目的を達成する。何が何でも、どれだけ痛めつけられようと時間がかかろうと。必ず目的を達成する。それだけが自分の今生きている理由なのだから。

そんな決意を改めて抱き、投げ付けられた場所から、辺りを観察する。

すると近くの玩具箱が、とある壁の部分を隠すように密接に置かれており、そこには謎に大量のタオルや紙おむつが貼られていた。どれも最近、新しく貼り付けられたように見える。

何故、という思考と共に、行動に移った。

全身を預け、重い玩具箱を少しだけずらす。

「……これは」

貼られたものを少し剝がすと、すぐそこには老朽化した配管があった。小さく穴が開いているようで、少量ではあるが水が漏れ出ている。

活路を見出したロップイヤーは、唸《うな》り続けるミセス・マドレーには近付かず刺激しないよう、玩具箱の傍に落ちていた物を拾い、その場で作業を始めた。やがて、静かに声を掛けた。

「……マドレー。本当にごめんなさい、あなたの分の食事はきちんと用意していた。でもミルクを作る為の水が足りなくなったから、外へ取りに行こうとしていただけだったの」

「うそよ、信じないわ。そんなこといって、ここから出て、この子を餓死させる、つもりなんだわ……！」

肥沃な瞼《まぶた》を精一杯見開いて、飛び出しそうな勢いの眼球が蠢《うごめ》いている。通常であれば皆その光景に慄くところを、ロップイヤーは少しだけはにかんだ様な表情を見せて。

「……本当なんだ。これを見て」

ミセス・マドレーがロップイヤーの手に視線を向けると、そこには哺乳瓶があって、少量ではあるが、ミルクが入っていた。

それが解った瞬間、哀しき肉塊は顔を歪ませ、小さな声で呻《うめ》いた。だがそこには、先程の激しい怒りや寂しさのニュアンスを感じられなかった。

「……あなたの、赤ちゃんに。マドレーに飲ませてあげたいんだけど、良い？」

その問いかけに、ミセス・マドレーは返事をしなかった。

まるで巨大な怪物と兎の縮尺の中、ロップイヤーはその沈黙を肯定と見なし、彼女の手にある人形に向かって迷いなく歩いていく。

恐る恐る近付くのは違うと判断し、極めて冷静に。神経を逆撫でしたり刺激をしないような絶妙な動きで近付いていく。

入所前。日常で生きていく為必死で磨いた技のひとつだ。自分を、付け入る隙がある者だと思わせない。本当は弱い自分を、取り繕って弱者には見せない。あくまで堂々と、粛々と全てを済ませるのだ。

手の中の赤ん坊は、髪も傷んでいて片目が取れ、大量の手垢《てあか》で黒く汚れていた。慈しむ様な優しい手付きで、哺乳瓶の吸口を口に押し当てる。勿論、ミルクは出ないが代わりに感謝の言葉が肉の塊から出た。

「ありがとう、本当にありがとう……あなた、お名前、は？」

「……ロップイヤーと、呼ばれてる」

そう言った後、精一杯取り繕った優しい口調で尋ねる。

「……また、マドレーにミルクをあげに来ても良い？」

「ええ、ロップイヤー。あなたなら、大歓迎だわ。ほかの看守や囚人たちとちがって、嫌な顔ひとつせず、わたしたちを大切に、してくれるもの……」

気の所為かもしれないが、巨大な瞼で埋まりかけた瞳が少しだけ潤んでいる様に見えた。

どうやら、今度こそ任務を遂行出来た上に、信頼も勝ち取ったようだ。ついでに、彼女の身体から外れた管を記憶を頼りに戻していく。もし問題があった場合は、主治医が上手くやるだろう。

安堵の溜息は部屋に帰った後にゆっくりする為取っておこうと決め、ミセス・マドレーに別れを告げた。ブザーを鳴らして刑務官を呼び、散らばった食器類を片付け、プレートを持って檻から出て特別監房から退出する。震える腕と抑えようとしていた激しい動悸を悟られないように、ポーカーフェイスを貫きながら歩いていく。髪を搔き上げる振りをして、耳を持ち上げると、労《ねぎら》うよう蛇女の声が遠くから聞こえてきた。

『ようお疲れさん、どうやら上手くいったようだな。思った通り、使えそうだよお前。合格だ』

よくもまあ淡々と言えたものだ、と心の中で毒づいた。もう少しで取り返しのつかない事になってた可能性もある。合格という最後の言葉で、やはりというか事前情報の少なさから解り始めていたが、これはトマトナが課した試験のようなものだったのだろう。自身の同居人として、仲間に入れるべき存在なのかを見定める為の試験。これはきっと、これから先自分がこの場所で円滑に生きて目的を達成する為には必要な事だと言い聞かせ、文句や皮肉を言うのは踏みとどまる。そもそも、この距離で喋ってもあちらに聞こえる事は無い。欠陥品の無線機め、とだけ毒づいた。

『おっとウサギちゃん。一難去ってまた一難って言い回し、まるでお前の為にあるみたいだな』

トマトナの急な物言いに何かと思ったが、答えはすぐに解った。

目の前から、主任刑務官のペルシコンが早歩きでやって来ていた。部下を引き連れてはいない。が、明らかにこちらに向かって来ていた。そして自分への敵意、否、もはや殺意とも取れる何かが銃弾のように注がれていた。囚人番号３１５番、と氷のような冷たい声がやけに耳に差し込まれる。

「貴様は、何故ここに居る？　特別監房で何をしていた」

ずん、と重みのある威圧感に、思わず目を逸らし伏せてしまう。先程までの度胸や虚勢が緩んだ瞬間を、上手く狙われたと心中で歯噛みした。

「特別監房へ立ち入るに足る理由が、入所２日目の貴様に有るとは思えないが？　目を伏せたという事は何か疚《やま》しさでもあるのか？」

目の前から聞こえてくる、「おい」と乱暴だが鋭利な言葉に顔を上げ目を向ける。ペルシコンは、ロップイヤーの隣の刑務官に顎で指図していた。

「こいつの身体検査をしろ。監房の中から何かを持ち出した可能性が否めん」

「いや、しかし……」

指し示された男性刑務官は、このような閉塞的な空間の住人にしては一般的な常識がある様で、躊躇《ためら》いたじろいだ。しかし、ペルシコンの言葉には何一つ容赦が無い。

「構わん。二度と勝手な行動が出来ないよう徹底的にこの場で剝《は》いで弄《いじ》れ。辱《はずかし》めは、何よりも薬になるからな。尚、もし何も無かった場合も問題無い。貴様ら罪人共の言い分や訴えが安易に通用する場所とは思わない事だ」

次いで、その言葉達が鼓膜や胸に突き刺さって来る。

誰のものか、生唾を飲み込む音が聞こえた。

抑えつけていたはずの心臓が、煩《うるさ》く暴れているのが解る。全身が脈打ち、熱くなっていくのが解る。

かなりまずい状況だ。勿論、身体には何も隠していない。だが、粉ミルク缶を調べられるとまずい。何が原因か、この女は自分に目を付けていて、余程貶《おとし》めてしまいたい気持ちがあるらしい。

ロップイヤーの中に諦めの文字が芽生え、再び目を伏せようとしたその瞬間、

「恐れながら、御意見よろしいでしょうか。主任刑務官殿」

場を支配していた緊張と硬直を解いたのは、トマトナの声だった。

つかつかと歩いて来て、ロップイヤーとペルシコンの間に割って入るよう立ちはだかる。

「何だ。言ってみろ、314番」

「〝あの日〟で調子の悪いアタシの代わりに、ミセス・マドレーへの配膳を新人に頼んでいたんすよ。こいつ中々使える奴でね。ま、理由としてはただそれだけで。疑わしいならその新人の身体しっかり調べてやってくださいよ。うぶな奴なんでね、もしかしたらそれはそれはもう大きな声で泣いちゃうかもしれないですがねえ」

けらけらと笑いながら。そしたらここに居る奴らは皆、女の鳴き声が大好きなもんでわらわらと集まってきちゃうかもですねと、まるで水を得た魚の如くぺらぺら勢い良く喋り立てるトマトナは、啞然とするロップイヤーの持っていたプレートを自然な動作で奪い取る。

「じゃあ、プレートはアタシが返却しときますわ。ほら、もう昼時間終わりなんで、枚数が足りてないと可哀想な配膳係の友人が刑務官様方にどやされるんですよね。そうなった場合、ほら、色々また面倒でしょ？ ま、ここはひとつアタシの顔に免じて……」

そう言ったトマトナがペルシコンの制服のポケットに向かって手を伸ばした瞬間、バシッ！ と鈍い破裂音がした。黒々とした革の手袋が凄まじい速度でトマトナの手と、握られていた物を地面に叩き落としていた。それでも尚にやついたまま崩れない顔をペルシコンが鋭い眼で睨み付け、「蛇女が」と小さく吐き捨てる。

「薄汚れた手と手段で私の懐に踏み込んで来るな。貴様と話していると心底気味と気分が悪い」

「早合点じゃないすか。アタシは、さっきそこで落し物を拾っただけで、主任刑務官殿にお渡ししようとしたまでですよ？」

時間の無駄だ、と言わんばかりにペルシコンは踵《きびす》を返し、その場から早歩きで去りながら振り向きもせず苛立った様子で声を発する。

「３１４番、貴様の態度と発言はこの場において模範的とは言い難い。後程処遇を伝える」

「お待ちしてます、主任刑務官殿」

ふん、と鼻を鳴らし誰にでも聞こえるような音で床を踏み歩き、小さな嵐は去っていった。

トマトナは相変わらずお堅いね、と笑い地面に落ちた煙草を飄々と拾い上げて、ポケットにしまった。ここを統《す》べる主任刑務官に対してあの様な軽々しいノリと賄賂を持ち出すなど、普通の神経ではない。ロップイヤーは、やはりこの同室者の肝の据わり方は常軌を逸しているのだとその時感じた。

何はともあれ助けられたのは事実であるが、先程のミセス・マドレーの件と差し引いてようやくゼロになる程の恩だと思った為、素直に礼は言い辛かった。ようやく諸々落ち着いたロップイヤーが、隣の男性刑務官へ目配せをして、尋ねた。

「……あの。身体検査は、するのでしょうか？」

しかしながら先程主任刑務官にそれを命じられた刑務官は、首を少しだけ横に振り、距離を置くようにして。バツが悪そうな顔で、いや、とぼそり呟いた。

「臭いがつくだろ……近寄るんじゃない」

それを聞いた途端、横の蛇女が思い切り噴き出した。

ロップイヤーの頭からはそれまでの出来事や危機などは、すべて忘却の彼方へと吹き飛んで。早く臭いと汗を洗い流したい、とだけ考えて重い溜息を吐いた。

午後の作業が終わり、念願のシャワー室へと訪れたロップイヤーは、すぐさま衣服を脱ぎ、タオルを身体に巻いてカーテン付き個室の列に並んだ。むわっとした暖かな蒸気が立ち込める空間に、元々冷えやすい身体が温められ微《かす》かに浮かれているのを感じる。

ふと他の囚人達の足を見ると、皆裸足ではなくサンダルを履いている。だが辺りを見渡しても何処にも見当たらない為、恐らく持参しているのだろう。

「よう。新人、持ってないのか?」

声を掛けられた方を見ると、自分より屈強そうな体格の女がいた。自分とは真逆でタオルなどで何も包み隠さず、曝《さら》けて全裸のまま見せ付けるかのように立っている。

面識は無かったが、何故自身が新入りだと解ったのか不思議に思っていると、心を読んだかのように女は足元を指差し言った。

「履き物だよ。ここの地面にはヤバい菌がウヨウヨしてるからな。裸足で来る奴なんて、知識も無く売店で買う金も無い新人くらいのもんだ」

そういう奴らはタオルで即席の靴を作ったりしていると説明を受けたが、とりあえずロップイヤーは、ご親切にどうもと礼のつもりで軽く会釈をしておいた。

「良ければ貸してやろうか? ひとつ余ってんだ」

どうやら何が何でも自身と関わりたいらしい。先程から不快な目にあって気分が最悪なのだから放っておいて欲しいという想いで、可能な限りぶっきらぼうに応える。

「……次から用意するから必要ない」

順番になって、個室の中へと急ぎ入るが、同時に女も無理に中へ入って来た事でどきりとした。

「そんなに警戒するなよ。ここでの親切は金より価値があるぜ？　別に見返りが欲しい訳じゃないんだ」

女は下卑た表情でニヤついて、ロップイヤーの全身を舐める様に見渡し、息を荒くしている。狙いが明らかになった事で、ロップイヤーの顔が少し引き攣《つ》り身体が強《こわ》ばる。

「ただちょっとだけ、身体を貸してくれるだけでいい。安心しろよ、悪いようにはしないからさ」

そう言って、ロップイヤーの身体を包んでいたタオルに手をかけ、勢い良く毟《むし》り取った――と思われたその瞬間。

「おい」と聞き覚えのある声が、女の後ろから聞こえた。

「交代の時間だ。さっさと退けよ変態」

トマトナだった。彼女も、目の前の女と負けず劣らずに何一つ包み隠さず、その場の誰よりも派手に入れられた身体中のタトゥーを見せ付けるように立ち尽くしていた。

どうやらこの二人は面識がある様で、女は明らかにマズいといった表情を浮かべ、たじろいでいる。

「何だよ、邪魔するなよトマトナ。いつもだったら何も言わないクセにさ……」

「いいから退け。何度も言わせるなよ、アタシは聞き分けのねえ奴が死ぬ程嫌いなんだ」

「わかったわかった、じゃあ本当に10秒だけさ」

そう言った途端、屈強そうに見えた女の顔が歪む程の力と鈍い音が、彼女の腹で炸裂した。女は苦しんだ様子で崩れ落ちる。

「さっさと、って言ったよな」

そう吐いて、蛇の様な粘っこくも鋭い目で見下す。すると苦悶《くもん》の声と共に、口から胃液を垂らしながら女が負け惜しみを並べ立てる。

「糞野郎、ムショから出たら覚えてろよ。必ず、殺してやる。私は外じゃ、あの『アラクラン』の男がバックに付いてんだ。お前なんか犯し尽くされてあっという間にミンチだ」

そう言った所で、トマトナは「へえ、そりゃあ初耳だ」と呟き。

怒りの籠った俊敏な動きで女の髪を摑み、凄まじい力でその個室から無理やり放り出した。

「誰もお前に手紙すら寄越してないのか？　盗賊組織『アラクラン』は5年前にボスが死んでから内部での派閥争い、警察による残党狩りも進んでほぼ壊滅状態。お前の男とやらが本当に居たとしても、今頃は豚箱だ」

「な……」

鳩が豆鉄砲を喰らった顔をする女に向かって、言葉を吐き捨てた。

「恐怖の対象とするにはもう時代遅れだ。勉強し直してこい変態」

女は立ち上がり、恨めしそうにトマトナを一瞥した後、舌打ちをしてシャワー室から出ていった。他の囚人達も一部始終を見ていたが、関わり合いになりたくない為、皆見て見ぬ振りをしていた。

呆然とその様子を観察していた後方のロップイヤーに気付いたトマトナは、先程のシリアスな雰囲気から一転して、にやりと怪しい笑みを浮かべて言った。

「ようウサギちゃん、また会ったな。一緒に汗流しても良いか？　水の節約にもなるし合理的だよな」

返事も待たずに、無理矢理狭い個室の中に入ってきて、有無を言わさずカーテンを閉めた。どうせ断っても入って来ただろうと、呆れの溜息を吐いた。先程の女の時感じた嫌悪感は無かったが、「裸の付き合いってのは大事だからな」とすぐさま言われて、少しだけ警戒心を強めた。

するとロップイヤーは、自身の身体のタオルがいつの間にかはだけて下に落ちていた事に気が付いた。女同士で裸を見せることに特に恥がある訳でもないが、〝肌の様子〟をあまり見られたくないというのは本音だ。それを目の当たりにしたトマトナは、すぐに真顔になり神妙な声で問い掛けた。

「お前……なんだよ、この傷は？」

そう言うトマトナに対し、すぐ背を向けるロップイヤー。

一番誰にも見られたくなかった胸部、腹部辺りは、傷や火傷の痕が集中していた。非常に醜く、鮮明にかつ無数に遺っている。

そう。それは、まるで。

「まるで……拷問で付けられたみてえな傷じゃねえか」

一体何があったのかと、顔に皺《しわ》を寄せるトマトナ。

その目に映った背面にも、前面よりはマシとはいえど幾分か傷跡があった。

本日何度目か解らない溜息を、ロップイヤーはついて。

「……別に何でもない。ここに来るまでに色々あっただけ」

「こっちはその色々が何かを聞いてんだけどな。お前、何の罪喰らってここに来たんだ?」

そう問われても無言で石鹸《せっけん》をタオルで包み、泡立てる。

明確に、答える気がないといった様子だった。

それを見て、トマトナは未だ早いかという風に鼻から息を漏らし、語り掛けた。

「ま、終戦間も無い今の時代、何があったって不思議じゃないがな。それにしたって趣味の悪い輩《やから》に捕まったみてえだな、さっきの奴みたいに」

蛇口のハンドルを捻《ひね》り、シャワーヘッドノズルから湯を出す。そして、背を向けたままのロップイヤーに言葉と共にゆっくりと掛けてやる。

「ロップイヤー。色々とここでの立ち回りを教えてやるよ。お前は私の『耳』になれ。そうすれば誰にも目を付けられずに済む」

温かな水と共に身体に染み込むその言葉に、兎耳の女は静かに頷く。

そして、この瞬間から。

二人にとって確かな主従の関係の始まり、そして波乱に満ちた刑務所での日々が幕を開けた。

2章

幼かった自分が衝撃の事実を皆に告げ口した後、何が起きるのかはあらかた予想出来た。

相手の罪を暴露した勇気ある者として、そして被害者として皆に取り囲まれた。

そして、駄目押しのように眼に涙を溜めた。集まってきた友人達はそれを見て、自身を未だかつて無い程に懸命に慰めた。まるで、怪我をして泣き出した赤子をあやすかのように、大袈裟に。

現在の汚れきってしまった自分は秘密を握る事も、それを暴露する事にも抵抗が無くなったが、この時の〝過去の自分〟は違った。

違った筈なのに。無邪気とは異なる、純粋さとも異なる、ただ周りの価値観に疑問も抱かず染まりきっていた未熟な自分には到底理解の出来ない事で、今思えばそれに対する恐怖があった様な気がする。だが、どちらかといえば、それを告げた事でどうなってしまうのだろうという好奇心のようなものに近かった気もしてくる。

そしてその好奇心により処刑される事となった少女は、皆から一様かつ矢継ぎ早に責め立てられた。罵声を浴びせられた。

その時一瞬だけ見えた、少女の顔が。

未だにずっと、何年も経った今でも。

忘れようとすればする程、夢の中で鮮明に蘇り、瞼の裏にこびり付いて離れることは無い。


ロップイヤーが刑務所に入所してから、約3ヶ月が経過した。

ミセス・マドレーの件で信頼を得たのか――その後も何度か必要なものを取るため命辛辛行かされたが――トマトナは刑務所内での立ち回りとやり繰りを、随分丁寧かつ入念に教えてくれるようになった。また、関係性も概ね良好だと言える雰囲気にはなっていた。獄中での生活の慣れも合わさり、大方欲しいものや情報を得る事は容易になった。それこそ早い様な、濃密な様な時間であった。

刑務作業分の給与は勿論発生するのでそれで物品購入も可能ではあるが、出所後の生活の為に貯蓄する者が多い為か、囚人同士のやり取りは物々交換が原則だ。また諸々の生活を充実させる為に、監視の目が消える事はかなり重要だ。その為刑務官達への賄賂は、汚職を気にせずサディストでは無い人間を選ばないと、痛い目に遭うこともある。

その見極めや個々人が求めているものを聞き出す為には長年の関係性の構築、知識の蓄積や確かな情報筋を掴む必要が、本来ならばあるのだが。とある特技を持ったロップイヤーにとっては、それはほとんど造作も無い事案だった。彼女は類まれなる聴力と情報収集能力で、4号棟内における噂話から何気無い会話まで聞き出し握った。世間話、陰口、秘密、企み。刑務所という閉鎖的な空間においては、それらの情報が何よりもの力を持つ事が証明された。

お陰でその力を従え存分に扱えるトマトナの刑務所内での地位と影響力は、更に向上していた。順風満帆な獄中生活の中、とある出来事が彼女を苛つかせていた。

「面倒くせえな」

部屋に帰ってくると同時に舌打ちし、乱雑にベッドに転がり込むトマトナ。読書中のロップイヤーは、気にせず文字を目で流していたが、機嫌が悪いままだと面倒なので一応、理由を聞いておくことにした。

「……何かあったの？」

「いるだろ、3号棟にマフィアのボスだった女。あいつと取り引きしてたんだがよ。問題が発生した」

そう言いながら、何処で手に入れたのか、この時代と場所では希少な銘柄のチョコレート菓子を口に放り込んだ。ロップイヤーはその瞬間を見逃さず、後で自分も貰おうと思った。

「渡そうとしたモルヒネに〝混ぜ物〟があったらしい。即刻気付いたから大事にはならなかったが取引は中止、信頼もだだ下がり、明らかな営業妨害って奴だ。せっかく苦労して摑んだルートがおじゃんだぜ」

トマトナは溜息混じりにそうぼやく。

「……もしかしてあの医師が？どうする？」

「いや、恐らく奴は関係ねえ。受け取った時に確かめさせてるが、その時のブツに混ぜ物の反応は無かった。実行したとすれば仲介屋への手渡し後だ。ルートを知る奴は限られてる、誰が漏らしたのか……お前、何か情報入って来てないのか？」

「……いや、特に何も」

その答えにそうか、なら仕方ねえなとトマトナはすっかり納得したような様子を見せた。

「……あと、さっきの。〝僕が〟、苦労して摑んだルートね。警戒心の高い非常勤医師の弱みを握るのは簡単じゃなかった」

「へえへえ、そりゃすまなかったな。相棒ロップ、お前には感謝してるよ本当にさ」

こちらのベッドに飛び込んできたトマトナがにへらと笑いながら、ぐしゃぐしゃと犬を撫でるかのように乱暴に髪の毛ごと頭を掻き回される。あまりの勢いに読書を邪魔され、う、と小さく呻くが我慢する。

事あるごとにトマトナはこうした密接なスキンシップを取るのが好きらしく、本当に自分の事をペットか何かだと思っているのではないだろうか、という気分に陥る時がある。だがそこに悪意は一切ない事が肌を通して感覚で伝わるので、気に入られているという点については、特別悪い気はしない。

「ロップ、ちょっとこの後時間あるか？　映写室来る前に〝慧眼《けいがん》〟に会って来てくれ」

そう指示を受けて、ロップイヤーは本を閉じた。

「……解った。その後は本を受け取れば良いの？」

「ああ、よろしく頼むぜ」

頷きながら、細腕に装着した小さな腕時計を見る。今から30分後に映画鑑賞会が始まるので、その間に任務を済ませる必要がある。

「ほう。まだ使えるのか、その時計」トマトナが少し驚いた様に言う。

「一番最初に命懸けであのマドレーのとこで取ってきたもんが、そんなぼろっちい時計とはな」

部品さえ手に入れれば、以前一度修理した事はあるので直せると思ったのだ。複雑な自動巻き式の機構では無かった事が幸いだった。

今後、この刑務所内の生活で時刻が解ることは、正気を保つにしても諸々の予定までの残り時間を計算するにも、とにかく精神的に安定した生活をする上でメリットがあると思っていたのだ。

「……あの玩具箱は、ほぼ刑務官達の処理に困った所有物の墓場と化していたから。誰も近付かないからこそ安全。大方浮気相手からプレゼントで貰ったけど故障して動かなくなったから、捨てたんだと思う」

少々ユーモアを交ぜたような口振りでロップイヤーはそう語ったが、これは失敗だったと後程知る。

「それも、あの時全部知ってたのか?」

すぐ隣にいるトマトナの声が刺さる。蛇のように薄めた目で、顔を近付け、こちらを見つめている。

彼女の言うあの時、とはミセス・マドレーの所へ行った時だろうか。

「いや違う」とすぐさま否定し、「……後で色んな刑務官の噂話を聞いていて、この時計の特徴と一致するものについて喋っていた人がいたから、想像で」と語るが。

そこまで告げた後、必死に言い訳をする子供を見る様な目付きで、ふふと怪しく静かに笑った。

「時々お前が末恐ろしくなるぜ、ロップ。こっちが何かを教える前に、ありとあらゆる情報を既に得てるんだもんな。こっちが知らない情報すらも、だ。味方にいるうちは、こんなに心強い事はねえ」

トマトナが何を言いたいのかは解った。こんな場所で数年生き延びてきているのだ。目まぐるしい活躍をし、尚且つ常人離れした能力を持つ有望な新人といえ、いやだからこそ完全なる信頼、とはいかないのだろう。

先程の薬のルートについては、ロップイヤーは何も知らされていない。〝仲介屋〟の事すら知らない。あくまで医師の弱みを握っただけだ。だが、いつ何時それを知ってもおかしくないとトマトナが疑念を持つのは、彼女の傍で活躍を見ている者として当然だろう。

知っている事を証明するのは簡単だが、知らない事を証明するのは何よりも難しい。様々な諍いや拷問の歴史が、それを証明している。だが、しかし。

「ま、そうだな。要らなくなった疚しいものは誰も見てない、汚くて狭い場所にぶち込むのがセオリーだ。ウサギちゃん。アタシもお前も、その腕時計から大事な教訓を得たな」

ぎしり、と老朽化した硬いベッドから立ち上がったトマトナは。

「決して浮気は許すな、って事さ。なあ相棒」

そう言って、にこりと作り物のような優しい笑顔を浮かべ、部屋から出ていった。

どうにかして証明しなくてはいけない、と。

ロップイヤーは更に決意を固めた。


その後菜園室に寄ったロップイヤーは、野菜の手入れをしていたエプロン姿のひとりに向かって手を挙げる。

それに気付いた顔見知りの女が、近付いてくる。

「ハイ、ロップイヤー。どうしたの？　少し青ざめた顔して」

「……いいから。察して」

いつも懸命にポーカーフェイスを貫いているつもりだが、この場所に来ると青々しい独特のにおいと、自身の苦手な物の記憶が刻まれていて身体が強ばってしまう。

ああ、はいはいと女は移動し、机の上にドン、と大きな瓶を置いた。やはり、実物を見ると尚のこと気味が悪いと思ってしまう。

「どれでも活きのいいの、持っていきなよ」

女がにこやかに言う。何度かやり取りをしても全く慣れないこちらの反応を、明らかに楽しんでいる。

「……活きのいいのは要らない。死にかけのやつがいい」

「知らないよ、私は医者でもファーブルでもないんだから」

虫にとっては死神だろうけど、と心の中で仕返しの様に呟く。仕方なく、蠢いている塊の中にいた一匹をピンセットで摘んで取り出す。野菜に付いていた、気味が悪いと駆除されずに瓶に詰められていた芋虫だ。

女から借りた小瓶に詰め込んで、とある場所へと向かう。

廊下を逆戻りし、階段を下りるとすぐ眼の前に広がる開けた空間、中央監視部屋だ。現在は囚人達が映写室に向かう為、少しばかり賑わっていた。その中で、大きなモップを持って清掃をしている腰の曲がった女がいた。歳は不明だが、そこまで老いてはいない。だが腕にも顔中にも刺青《いれずみ》を入れていて、雰囲気的な若さは感じ難い上に何処か近寄り難い囚人だった。息切れしながら清掃を行う彼女の足元にバケツが置いてあったので、「あれか」と思い、つかつかと真っ直ぐ向かって行く。

すると、その女が途端にバケツを置いていた位置を変えたことで、ロップイヤーはそれを蹴飛ばしてしまう。当然、中身の水が飛び散る。

「ああ、なんてこったぁ」

刺青の女が、零れた水の前に手をついてしゃがみ込み、そう小さく喚《わめ》く。柱の中にいた看守は何事かとこちらを見る、同時にロップイヤーが声を掛ける。

「……大丈夫？　ミラダ。ぶつかって申し訳ない。拭き取りを手伝う」

そう言って屈んだ拍子に、彼女のポケットに芋虫入りの小瓶を馴れた手付きで入れ込む。

するとミラダと呼ばれた女は、「いやいや、大丈夫。どうせモップで拭いちまえば一緒さぁ。丁度、ここら辺を掃除しようと思っていたからねぇ」

語尾を間延びさせた喋り方で、ロップイヤーの手伝いを制止するミラダは、次いで手元にあった洗剤スプレーを取り出し、床に散布する。

なんだいつもの愚鈍な清掃員か、と言わんばかりに呆れた顔で看守は乗り出した身を戻し、再び別の方向を監視し始めた。

ロップイヤーが地面をちらりと見ると、そこには洗剤のスプレーで素早く英数字が書かれていた。

B25、5、302、74……等をすぐに記憶し、その場から立ち去る。モップでその洗剤の跡を拭き取ったミラダは、「ああ楽しみだぁ」と小さく笑った。

これは決して清掃が楽しみという訳では無い。それと彼女の悪趣味を知っていたロップイヤーは、またもや嫌悪で無表情を崩し、呆れの溜息を吐いた。

そのまま真っ直ぐ、図書室へと訪れた。

そこで手にした紙に先程の英数字をメモし、それを元に目当ての本を探っていく。

「……ええと、B25列目の棚、上から5番目、全302ページの本は……あった」

目当ての書物を見つけたロップイヤーは、任務完了と呟き、早くこれを借りて映写室へと向かおうと思考した。しかし、その時。図書室での喧騒が突如として止んだ。

振り返ると、ペルシコンが入室して来ていた。図書室にいる囚人全員が、何事かと目を合わせていた。どうやら自分を追ってきた、という訳ではなく偶然の訪問だったようだが、相変わらずのタイミングの良さに思わず鼻から息が漏れる。メモ用紙を、彼女と目が合う前に握り潰しポケットへ入れ込んだ。

ロップイヤーが居る事に気付いたペルシコンは、つかつかと勢い良く近付いてきた。そして相変わらず冷たい言葉を吹き付ける。

「実に勤勉だな、315番。読書が趣味というのは、あながち嘘では無いらしい」

手に持っていた本を取り上げる。ぱらぱら、と一通り捲《めく》り目を通した後、睨み付ける。

「ニンベル放浪記、これは私も子供の頃から好きな本だ。貴様みたいな薄汚い囚人と嗜《し》好《こう》が被るとはな、気味の悪い」

本を閉じ、ロップイヤーに返却する。

が、決して本から手を離そうとしない。両手で強めに引っ張ろうと、微動だにしない。

「幾つか質問がある、許可無く好きなだけ答えていいぞ315番。この本は全8巻の内、5巻目に当たるものだが、何故にこの巻だけを借りていく？」

ペルシコンは片手にも拘《かかわ》らず凄まじい力で、本を握り続けている。ロップイヤーが人並みより非力とはいえ、ここまでの差があるとは、と歯噛みする。

「……普通に、話の続きを借りたかっただけだから」

「そうか。では第3巻で、主人公が偶然立ち寄った村の娘の部屋に飾られていたタペストリーに記されていた動物は？」

急な質問に、動悸が激しくなる。目の奥が熱くなり、映る景色が急激に濁り始めた。

「どうした？　既読なら簡単に答えられる筈だぞ？　そこまで珍しい動物では無いからな。当てずっぽうでも言えば正解するかもしれないな？」

さあ早く。答えてしまえ、と。

鷹のように鋭い目が訴えかけてくる。

眼前の女の全身から発せられるとてつもない圧が、煩く跳ね回る心臓を握り締める。可能な限りの無表情を貫く。

そして。

「……解りません」

そう、答えた。ペルシコンは限界まで細くなっていた目を、更に細めた。本を握っていた力を、一気に抜いた。だがそこには許しの意図は一切無く。

ようやく捕らえた、と。そう言わんばかりに口を歪めた――が。

ロップイヤーは、間髪入れずに語り始める。

「……私はこの図書室に来て初めてこの話を知り読み始めましたが、何故か第3巻だけは一向に返却されず、未だ読む事が出来ていません。その為、質問の答えが、解りません」

そう告げられた途端。

ペルシコンは、ロップイヤーから無理矢理本を奪い去り、貸出の為のデスクへと勢い良く向かった。そして机に手を凄まじい力で叩き付けた。そこに立っていた囚人は怯え、解り易く困惑した様子を見せた。

「至急、この本の貸出記録を見せろ」

そう脅すかの如く命じて、すぐさま確認を始めた。しばらく経ったがどうやら、ロップイヤーの言い分が正しかった事が証明されたようで、受け入れ難い事実と怒りで肩が震えているのが解る。

「おい、何故だ。何故貸出者の名が常に空白になっている？」

貴様が何かをしたのかと、ロップイヤーに対して激昂の矛先を向けようとした、その瞬間。

「その理由は私から説明しよう。ペルシコン主任刑務官」

図書室の入口から歩いてきた赤毛の長身の女が、そう発した。その姿を見たペルシコンは、今まで見せたことの無い程狼狽《ろうばい》した様子を見せた。

「所長……！　いつからいらしていたのですか？」

「ついさっきだよ。そんなに囚人を虐《いじ》めてくれるな。聡《さと》く、文化的な美意識を持った、有望な若者じゃないか」

そう飄々と言って笑いながら長身の眼帯女性のルスキャンディナは、ロップイヤーの前に立ち、労うよう肩を叩く。びくっと、思わず震えてしまう。

「うちの刑務官が悪いね。彼女は優秀だが真面目な余り、周りが見えなくなってしまう時が偶《たま》にある」

塞がっていない方の目を配せながら、所長は何故かすっと耳から入り込んでしまうような澄んだ声で喋る。

「その巻は私がリストから削除させたのだよ。とある描写や表現が、これから読み始める囚人達にも決して良いとは言えない影響を与えるかもしれないからね」

「それは……一体、何なのですか？」ペルシコンは尋ねた。

何の悪びれもない、非常に純粋な笑みを浮かべて、ルスキャンディナは発言した。

「同性愛表現だよ」

瞬間。ずっと静まり返っていた図書室の中が、それ以上に静まり返ったような無音が支配した。気にも留めず、ルスキャンディナは語り続けた。

「主人公の大学女教授ニンベル・ローレンスの冒険譚《ぼうけんたん》は過去各国の未開の地で実在した風土や環境の熾烈さを、虚構はあれど確かな洞察と溢れる表現力で描き切った、素晴らしい作品だ。しかしながら、この第3巻だけはいただけない。彼女が、過ちから村の生娘を欺《あざむ》き爛《ただ》れた関係を持つシーンが生々しく描写されている。いかに名著であろうとも看過出来ない程に、こうした行為を助長させるものに成り得る内容だと、私は判断した」

目と口を半開きにして静止したままのペルシコンに対して、ぽん、と肩に手を置き、軽い溜息をつく。

「君にも就任したての頃から、常々口酸っぱく言っているだろう。囚人同士でもしそういった行為を見掛けた時は、即座に処罰を下すようにと。女子刑務所ではこれまでも、そしてこれからも問題になっていく行為だ。そもそも同性愛に拘らず、性の乱れは人を堕落させる。神の教えや御心にも背くものだ。他の者にも、何か身に覚えがあるのではないか？」

周りに問い掛けるようなその言葉で、ロップイヤーはふと、入所したての頃にシャワー室で囚人に襲われそうになった時のことを思い出した。

他にも色々と話していたが、第3巻が無い理由としては、充分に伝わった。所長の思想に対し、賛同する者も異議を唱える者も、その場には誰一人としていなかった。いや、出来なかった、というのが正しいだろう。

全員に有り難い教えを説き終えた聖職者かのように満足気な表情を浮かべたルスキャンディナは、ペルシコンが持っていた本を取り上げ、ロップイヤーの元へと返した。

「時間を取らせてしまったな。引き続き、読書に励むといい。更生し社会に出ても、その豊かな心構えを忘れないようにな」

その時、首元に下げられた、円と一本線を組み合わせたような記号の形をした、金属製の印象的な首飾りが目に入った。

次いで、本来の目的だったのであろう。ルスキャンディナは、「先程私が元居た軍の蔵書から取り寄せてきた古本だ」と言って、部下たちに大量の本を運ばせてきた。

「では諸君、もしそういった記載の図書を発見した場合は、ここの意見箱への提出をお願いするよ。尤《もっと》も、私も多忙な身ではあるから対応には少し遅れてしまうかもしれないがね」

当たり前のように、まるで無抵抗な者たちを蹂躙《じゅうりん》するかのように。彼女の言葉の羅列は、この場の空気を支配した。そうして、朗らかに闊歩《かっぽ》しながら図書室を出ていった。ペルシコンは、それを追うようにして無言で付いて行った。その時ロップイヤーは見た。普通ならば、見逃してしまう程に。

微細に震えた肩と、きつく握られた革手袋に包んだ拳を。


映写室にて、映画を退屈そうに鑑賞していたトマトナに、借りた本とくしゃくしゃになったメモを手渡す。

「お使い御苦労」という言葉が返ってくる。

周りは映画に登場する美形の俳優に存分にエキサイトしていて、何とも騒がしい空間となっている。ロップイヤーとしては耳にも悪影響な上、映画は誰にも邪魔されず静かに鑑賞したいという願望が強かった為、早急にこの場所から立ち去りたいとだけ切に思っていた。この刑務所にいる間は、恐らくその願いも叶うことは無いのだろう。

トマトナは受け取った本を見て「懐かしいな」と呟く。

この本を選ぶよう遠回しに指示をしているのは彼女ではあるが、そのチョイスに何か意図があるのだろうか。多分、自身が内容を知っているものでないと、先程のペルシコンの様な指摘やガサ入れがあった際に不利になるからだろうとロップイヤーは勝手に推測していた。以前トマトナより、このシリーズを事前に読んでおくよう勧められたのはこういう事態の為だったのかと、用意周到さと慎重さに舌を巻くばかりだった。

ぱらぱら捲り、本を読み耽《ふけ》る振りをするトマトナ。恐らく、ミラダから与えられた暗号を読み解いているのだろう。その間、ロップイヤーは、騒がしい辺りの音を遮断するかのように先程の図書室での出来事を頭の中で反響させ、また反芻《はんすう》させていた。考えれば考える程、自分とは本当に一体何なのだろうと、堂々巡りの消極的思考に陥ってくる。

「ミラダの調子はどうだった？　元気してたか？」

ふと、本を読みながらトマトナが尋ねてきた。そこに、何か深い意味を含蓄しているような様子はなかった。ただの世間話のニュアンスだ。

「……相変わらず、悪趣味を体現したような見た目と雰囲気だった。芋虫も気持ち悪いし」

「はは、お前本当にあいつのこと苦手なんだな。ま、得意な奴なんかいるわけないか」

〝慧眼のミラダ〟。有能な取引相手とはいえ、彼女の罪状は殺しと死体遺棄だった。殺しについては冤罪《えんざい》と本人は常に言っているが、此処《ここ》では皆そう宣《のたま》うので誰も本気にはしない。

大切なのは事実だ。死にかけの人間を〝一切触れずに助けもせず、息絶え身体が腐るまで観察し弄《もてあそ》んだ罪と性癖〟は自他ともに認めるものであり、それを知った他の囚人達に嫌悪を抱かせるには充分な経歴だった。だが、一線を越えるまで幼少期から繰り返されてきた悪癖の副産物として、尋常ならざる観察眼を開花させた。

ロップイヤーの嫌そうな雰囲気を察してか、話を変えるようにしてトマトナは別の世間話を始めた。

「そういえばこないだ、2号棟の方で新人が入ったらしいんだが。何ともまあ、凄まじい美女なんだとよ。どうにも周りとは群れないタチらしいが。刑務官共に話し掛けて随分ちょっかいかけてると噂になってやがる」

「……そうなんだ。2号棟の事なんてよく知ってるね」

「へえ。お前なら既に知ってると思ってたよ」

そう言われて色々と言い訳をしたくなったが、先程の事を思い返しすんでのところで留まった。

穏やかな様子でトマトナは言う。

「ま、それでもここまで伝わって来る程の美人って事だ。魔性の女ってのは、実際居るもんなんだな」

息を吐いて本を閉じた。もう一度だけ息を吸って、吐く。

どこかリラックスする様な所作に見えた。そして。

「頃合だな」

そうぼそりと呟いて、トマトナは立ち上がる。行くぞ、とだけ告げて部屋を出ていく。ロップイヤーは慌ててそれに付いていく。

「……一体何処へ？」

「ヤクに混ぜ物をした犯人が解った。さすがの〝慧眼〟だな。見張らせといて良かったよ」

耳では稼げないなら、〝目〟を使って情報を摑む。単純な作戦だが、この刑務所で驚異的な特技を利用しない手は無い。トマトナはこの場所で埋もれてしまったそれらを有効活用し、デザインしていく才能を遺憾無く発揮していた。

「同じ4号棟にいた奴だったよ。お前と違って、〝不合格〟になってついこの間まで別施設で治療を受けてた奴だがな」

不合格、というのは恐らくミセス・マドレーの監房に行く時の事だろう。

「ここ数日、何かあった時用に4号棟の奴らの動きを逐一ミラダに見張らせといた。特に怪しい動きをした奴は居なかったが、そいつだけは治療から帰ってきて随分な時間医務室に入り浸っていた」

「……つまり、そいつが仲介屋だったってこと？」

「いや、違う。〝仕入れ時に混ぜ物は無かった〟と、虚偽の申告をさせたのが奴だ。仲介屋にすべての罪を擦り付ける為にな。問題のヤクが経由するタイミングで、整理整頓と事務補佐という名目で医務室にずっと居たのは奴だ」

粗く舐めた真似しやがる、と呟く。特に物的証拠がある訳では無い為に完全に犯人と断定出来ないとはいえ、その人物に容疑を抱く理由は十二分だ。何より、トマトナに対する恨みや動機がある。

まだ居残っている可能性は薄いが、ひとまず医務室へと真っ直ぐに向かう。医務室への道は、この映写室から然程《さほど》離れてはおらず、向かい側通路に沿って進んで行った最も端の方にある。

そして、扉を開けた瞬間。

「……何で」

目に飛び込んできた光景が信じ難く、ロップイヤーはそう声を漏らしてしまった。

そこに居たのは、医師の代わりにこちらを真正面に見据え椅子に座るペルシコン主任刑務官であった。

「囚人番号314番、315番。どう見ても馬鹿みたいに健康体の貴様らが、医務室に一体何の用だ？」

「……最近よく眠れなくてね、睡眠薬でも処方して貰えないかと思って」

動揺を隠せないのはトマトナも同じようで、珍しく言葉の出だしを口籠《くちごも》らせているとロップイヤーは感じた。

「お互い悩みの種は多い様だ。私も日々、貴様らが水面下で弄《ろう》する策には心と頭を痛めているよ」

「策、だって？　何のことだか」

「〝彼女〟は治療から戻り模範的かつ人畜無害な様子を装って良く動いてくれたよ。囚人にもああいう従順なものがいるとはな、考えを改めねばなるまい。ただのゴミではなく、便利な駒程度には扱えるのだと」

いつも通りの詰問的な雰囲気をのらりくらり躱《かわ》そうとするトマトナの顔が、固まるのが視界の端で見えた。〝彼女〟というのは、まさしく自分達が先程犯人だと決めつけた人物だろう。

勝利を確信した様子の刑務官を蛇の目で睨み付けながら、鼻で笑い飛ばす。

「刑務官様がスパイなんか雇ってよ、やり方が過ぎると売国奴だと疑われるぜ」

「大いなる目的達成の為であれば手段は選ばない。敢えて悪役に徹するとしよう」

どちらが悪か解ったものじゃないがな、と呟いて席を立つペルシコン。

「それでは、悪役らしく陳腐で解りやすい台詞の一つ二つも吐くとしよう」

いつも通り、硬い足音をわざとらしく威圧するように鳴らしながら、去り際に言い捨てた。

「タイムリミットは３日だ。調査中のルートと関係者共が発覚次第、速やかに貴様を懲罰房へぶち込んで、この世に生まれてきた事を後悔させてやる」

あれからすぐ就寝時間となり、足掻《あが》く事も許されず監房に帰ってきた二人の間には、暫く会話が無かった。

ロップイヤーが普段渇望している静寂といえ、この場合は居心地が良いとはとても言えず、ただただ何も出来ない時間が過ぎていく。

「……トマトナ。明日はどう動き始める？　僕は何をすればいい？」

いたたまれず話し掛けるが、返事は無い。

時は経っていく。どうにも手元が薄淋《うすさび》しくなり、先程トマトナから受け取ったニンベル放浪記を取ろうとした所。

「ロップ、お前。家族はいるか？」

何気無い質問に、ロップイヤーは静かに面食らった。

今まで冗談めかした態度で刑期や罪状を聞いてくる事はあったが、今みたく落ち着いたシリアスな様子で自身の内情を聞いてくる事は無かったからだ。

「……いや、今はいない」

それ以上は特に何も言わなかったが、トマトナはさして気に留めず。

「そうか。私にはいたんだ。餓鬼の頃、内戦で両親を失ってから孤児院で一緒に育った妹がな」

トマトナが自身の過去を話すなど珍しい事もあったものだと思うと同時、何故かこの話をした後はどこか遠くへ行ってしまうような感覚があった。

だが、そうは思いつつも続きが気になってしまう。じっと顔を見ていると、返事をするように優しげな微笑みを見せた。

「妹は、アタシと違って優しく人当たりも器量も良い、まさに絵に描いたように理想的な人間だった。孤児院を出た後アタシは道を外れちまったが、あいつは立派な役所の仕事に就いてひたすら真面目に勤めた。いつだって困った奴の味方で、まるで聖母だってよく言われてたよ」

だがな、優しさに節操が無かったのはいけねえと言葉を繋ぎ。

「ある時、傷だらけで死にかけの男を助けちまった。そいつはアタシのいた界隈でも特にやばいと噂されてた、とある犯罪組織の一員でな。どうにもボスを失って壊滅間近な所を別の組織に狙われたらしい。殺される事は終ぞ無かったが、献身的に気にかけ世話をする妹が、そいつの女だと疑われて一緒に逮捕された」

だが、そんな事は有り得なかった。そう言って、今まで見せた事の無い程歯を食いしばった表情で、トマトナは言葉を紡いでいく。

「妹には、恋人が居たんだよ。アタシだけが知っている事実だったが、恐らく誰から見ても愛し合ってた二人だったよ。だからどう天地がひっくり返ろうとそいつの女では有り得なかった」

言葉は、徐々に熱が籠り力を増していく。

「だが、その男は世話して貰った恩も忘れて妹を裏切った。売ったんだよ、自分の罪を軽くする為に。仲間だと法螺《ほら》を吹き、なすりつけられる行為は全部妹のせいにした。そこに目を付けた奴は執拗だったよ。激しい尋問と拷問の末、帰ってきたのは妹が大切にしていた指輪だけだった。恋人と、お揃いのな」

「……トマトナ」

ロップイヤーは、何故か少しだけ締め付けられる胸の内を悟られないよう抑えながら尋ねる。

「……どうして、その話を今僕にしたの？」

「はは、悪い。こんな話をした後に複雑かもしれねえが、お前はその妹とちょっと似てるんだよ。顔や性格が、っていう訳じゃねえ。なんというか、輪郭というか雰囲気というかな。小さい頃のあいつにどこか似てるよ。アタシの後ろにいつも付いてくる様な奴だった」

そう答えて、ひと呼吸置いて。

「もしかしたらもう、お前とは長い間会えないかもしれないしな」

「……それは、どういう意味？」

「長期の懲罰房行きになって、帰ってきた時には部屋替えされるかもしれないだろ。別の奴が同室になる」

その言葉で、ロップイヤーは察した。よく自分が抱く〝諦め〟という言葉が持つ、独特の雰囲気を目の前から感じたからだ。

「……それでも、刑務所内にいるならいつかは会える」

「ああ。ま、そうだな。そりゃ、そうだ。変な事言ったな。悪い、さっぱり忘れてくれ」

誤魔化すように笑うトマトナは、それだけ言って壁の方へと寝転がった。明日の事はもう、何も聞けなかった。聞く必要は無い。だが。

「……ひとつだけ、聞いてもいい？」

ロップイヤーは、静かに聞いた。今度は明確な返事があった。

「……ニンベル放浪記の第３巻で、主人公と恋仲になる村娘の部屋に飾っていたタペストリーに描かれた動物って、何？」

「はあ？ 何だその質問。質問ってか、最早クイズだな」

けらけらと力無く笑う。力無く笑っているように、聞こえてしまう。

「読んどけって言ったのはアタシだが、ハマっちまったのか？ なかなか餓鬼みたいで可愛いところあるじゃないかお前」

「……いいから。はやく答えて」

「はいはい、解ったよ。正解は――」

その答えを聞いた後、ロップイヤーはゆっくりと目を閉じた。

二人の間を漂う空気に、何故か、彼女は確かな安心を感じていた。

ロップイヤーは、食堂にて一人で黙々と食事をしていた、〝慧眼〟のミラダの隣へと座る。

食事の手は止めず、ミラダは不気味に笑いながら精一杯親近感のある声を出す。

「やぁ、昨日はありがとうねぇ。昔常備の薬品を使って野菜が枯れる様子を観察する実験をしてから菜園室を出禁になってるからさ、助かったよぉ。あの芋虫ちゃんはほらぁ、今もここに」

懐から何かを出そうとしたのを制止する。

まだ子供だから、そろそろ元気が無くなってきた。

もうじき見れるかな、と。心底楽しみそうな様子のミラダに、心の中でだけ顔を顰める。

「……聞きたい事があるんだけど、良い？」

「おや、もう姐さんには情報を渡した筈だけどぉ」

「……トマトナは関係ない。これは僕個人の依頼」

ふうん、と特に興味が無さそうな様子でミラダは食事を続けている。

「まあいいけど、姐さんの指示以外なら値は張るよぉ。もっと何か、芋虫より大きい〝生き物〟じゃないと」

カン、と。一気に水を飲み干し、ミラダの要求を遮るようにカップを机に勢いよく置いたロップイヤーは告げる。

「……シャワー室の故障の張り紙があるロッカー内、瓶の中にネズミを捕らえてある。確認次第、すぐに教えて。時間が無い」

そして刺青だらけの顔を、真っ直ぐに見詰める。

「……トマトナを、助けたいんだ」

その言葉に。ミラダはにやり、と心底嬉しそうに笑う。

新しい玩具を手に入れた時の子供みたいにはしゃぎ出しそうな気持ちを抑え、歓喜の声を静かに漏らす。

「お易い御用でぇ」


ペルシコンの懲罰房宣言から3日後の夕刻、図書室。一日のプログラムが終了し、短い休憩時間が読書家の囚人達を解放的な気分にさせていた。

だが、いつもなら確実にいない筈の人間が、今日は大人しく座って本を読んでいた。その人物に、複数の人間が近付いてくる。硬く強い靴音を鳴らす女を先頭にして。

「珍しいな、314番。私の記憶では、貴様に読書の趣味は無い筈だが？」

「晩餐ならぬ、最後の〝晩読〟さ。丁度、最近同室者が借りてたのを見て、読みたくなってな」

アンニュイさを孕んだその言葉に、ふん、とペルシコンは鼻を鳴らす。

「貴様の罪はすべて暴かれた。３号棟の取り引き相手も、薬の密輸によるその〝見返り〟も。こちらでしっかり回収させて貰ったよ」

トマトナは「そいつはご苦労さん」とだけ返事した。

ずっと、本に視線を落としていた。

ペルシコンは小さく溜息を吐く。

その後、ひと呼吸置いて。

「覚悟は良いか？」そう尋ねた。

「ああ、良いよ」トマトナは穏やかに笑って。

ニンベル放浪記の本を閉じた——次の瞬間。

「……お待ち下さい。ペルシコン主任刑務官」

薄暗いがどこか芯のある声が、後方から聞こえた。

ゆっくり振り返ると、そこにはロップイヤーが居た。

そして。再び、発言を開始する。

「……３号棟へのモルヒネの密輸について一連の流れは。全て、この僕が指示した事です」

一瞬、沈黙が場を支配する。部下の刑務官、それを聞いていた野次馬の囚人の全員が、不可思議そうに目を合わせている。はっ、と案の定馬鹿にしたようなニュアンスでペルシコンはそれを笑い飛ばす。

「何を、言っている？　貴様が？　３１４番に付いて回るしか出来ない、無能な腰巾着が？　これはこれは、全く笑えないジョークだ」

「……トマトナは、何もしていません。全てが、僕の責任です」

そう言い終えた瞬間。

ペルシコンは、固く握った拳をロップイヤーの腹部に思い切り打ち込んだ。鈍い打撃音が鳴る。喉の奥から酸っぱさと発生源からの耐え難い痛みが洪水のように這《は》い上がり、押し寄せてくる。

とてつもない衝撃に身体が拒否反応を起こし、それを少しでも和らげようと咳き込みながら、怯むことなくロップイヤーは告げていく。

「……犯人が、正直に自白しているんです。あなた方も手っ取り早くて面倒が無いのが好きな筈、はやく捕らえてください」

「黙れ。そんなもの、何一つとして証拠にはならない。そもそも、誰が喋っていいと言った？」

ぐい、とロップイヤーの髪の毛を引きちぎれそうな程の力で持ち上げて氷の眼を向ける。

何が起きているのか解らないと言った具合に、呆気に取られたままのトマトナの表情を横目で見ながら、ロップイヤーは、やはりひとつも怯まずに笑って言った。

「……解りました。では無理にでも信じてもらいましょう」

もう一度強めの殴打が顔に来たが、ロップイヤーは気にせず出来るだけ大きな声で、喋り始めた。部下がペルシコンが振り上げた腕を制止した事で、ようやく円滑に話が出来る。

薬の仕入れから経由のルートを、それの確保や指示の手段、すべて懇切丁寧に滞りなく説明して見せた。仲介屋やその他薬を渡すべきだった相手も、全部言い当ててしまう。

ペルシコンとその部下達の間では、自分達刑務官サイドでしか知り得ないであろう情報すらも摑まれている事に対して、恐怖と疑惑が生じているのが感じられた。

そう、それはまさしく。

トマトナではなく、ロップイヤーこそが裏ですべてを取り仕切っていた黒幕だと、思われても仕方が無い程に知り尽くしていた。情報が何よりも武器になる事を、誤った事柄を真実に変えられる事を。皮肉にもこの空間が証明してしまっていた。

罪を、被る。これこそが、ロップイヤーがトマトナに頼らず指示も仰がず、たった独りで成し遂げるべき謀《はかりごと》だった。

朝から一切の無駄なく、トマトナから教わった手法も知識も、賄賂も情報も、持ちうる物をすべて駆使し計画を実行した。

既に知っていた情報にミラダから得た情報も補完し、新たな盗聴・聞き込みも行った。多少の穴があっても、構わない。刑務官側が、トマトナではなく自分が黒幕であると認識すれば良い。だがペルシコンは当然の如く、納得せずに激昂した。

「ふざけるな。何故だ？　何故、このタイミングでいきなり自白をした！　何を企んでいる。貴様、一体どういうつもりだ！」

「……理由など別にどうでもいいでしょう。大事なのは結果と、事実です。早く僕を懲罰房へ送ってください」

切れた口の中の血の味を、入所以前の記憶を呼び起こして感じながら、ロップイヤーは不敵に言う。ペルシコンは髪を握る力を更に強くし、トマトナに対しても揺さぶりをかける。

「黙れ、黙れ！　こんなものは認められん。まさか３１４番、貴様の指示か？　こうなった時の為に部下が貴様を庇うように事前に命令を――」

「図書室では静寂を守らないか、ペルシコン主任刑務官」

ヒートアップした室内を冷やすように凛とした声が、響く。

紛うこと無く、ルスキャンディナ所長の姿があった。

ペルシコンは昨日と同じような顔をして、どうして、と力無く呟く。

「丁度、今朝意見箱に禁書の候補が記された気になる投書があったものでね。匿名ではあるが、この時間に本を纏めておくと指定があり、先程訪れた所だ」

時間を指定したということは刑務官の誰かじゃないのか？　と辺りを見渡すルスキャンディナ。当然、誰一人返事は無い。まさか腕時計をしている囚人が刑務官の振りをして投書したとは誰も思わないだろう。ロップイヤーは、あくまでも心の中で上手くいったと安堵した。

ペルシコンが理不尽にこちらの言い分を認めないケースを考慮して、唯一彼女が逆らえない人物を呼んだのだ。自身の見苦しさや振る舞いの醜さを上官に晒すのを嫌がるであろうペルシコンならば、この方法が最も効くと考えていた。目の当たりにしてみると、実に効果覿面《こうかてきめん》であった。

「話は変わるが、囚人番号315番。君の決死の告白は最初から聞いていたよ。罪の内容は褒められたものでは無いが、志は実に素晴らしかった」

企み通りにやって来たルスキャンディナは、感心したように軽く拍手をする。まるで自らの子供が何かの表彰式に出ている様を見守る親のような、期待の目を向けている。

「この光景を観られている神もきっと御喜びになられる事だろう。迷える子兎が、自らの罪や他人の痛みに心を動かし、罪の告白に至ったのだ。何と慈しみに溢れ、文化的な魂の営みなのだろう。ペルシコン主任刑務官、彼女の処分内容についてはもう決まっているのかね？」

その問い掛けに対して、目を伏せ歯噛みする。

「いえ、まだですが……」

「懲罰房行きは確定として、日数については後ほど相談がある」

そう言ってルスキャンディナは、図書室を後にする。

直後に微々《びび》にざわめく者たちを一睨みで鎮めさせたペルシコンが、部下達にロップイヤーの確保を命じた。

特に何の抵抗もせず羽交い締めで捕えられる彼女に、敵意を露《あらわ》にした顔で吐き捨てる。

「神とやらの御加護だな。目論見通り、貴様はめでたく地獄行きだ」

ロップイヤーは何一つ言葉を返さなかった。自身の懲罰房行きが確定したのであれば、これ以上話す事は無い。

少しだけちらとトマトナの方を見ると、その顔には驚愕の中に、引き攣った笑みが交ざっていた。

「ロップ」と口を動かすが、声は出さない。手を伸ばそうとするが、最後まで伸ばさない。触れたくとも、触れることは無い。すべてを理解した上で、その場で彼女に出来る事は、やるべき事は何も無かった。

数刻前、トマトナのベッドにロップイヤーからのメモ、暗号メッセージが置かれていた。恐らくは懲罰房行きの自身を見送る為の最後の戯《たわむ》れなのだろうと思い、それを元にこの図書室に来て暗号で指定されていたニンベル放浪記を読んでいた。

暗号対応箇所の文章は、主人公のニンベル・ローレンスが敵対していた貴族の策略で閉じ込められた場所から脱出し、自身の味方と会話する際の一場面であった。

《結果として地獄から生還した私を、友人は温かく迎え入れた。そして、どの様にして危機を脱したのか、答え合わせを始めた》

20日後。

懲罰房での謹慎でとても人間らしいとは言えない生活、劣悪な環境に身を捧げたロップイヤーは、自身の衣服の洗濯物を取りにランドリーへ向かっていた。その道すがら、懲罰房での記憶がフラッシュバックしてくる。

娯楽性も生活感も一切無い無機質な壁に囲まれた薄暗い暗闇の中、手足を拘束され、着替えも下着も無く、水も食事も殆《ほとん》ど与えられない。排泄場所もただ床に穴が開いているだけの状態なので、ただでさえ少ない食事を減らしてなるべく異臭を抑えなくては、鼻腔と気が狂ってしまう。

その上毎日、ペルシコンから指示を受けたのか1日1度、様々な刑務官から様子を見に来られて、貧相な食事と共に理不尽な罵詈《ばり》雑言《ぞうごん》を浴びせられる。彼女にとっては、これが最も辛かった。

自分自身を責めてしまう悪癖で精一杯だから、誰からも責められない様に立ち振る舞う術を身に付けたのに。それを一切発揮出来ず、ただただ常人よりも優れた聴力で、一言一句暴言を刷り込まれなくてはならない。偶に返事をしなかったという理由だけで、折檻《せっかん》と称した暴力も受けた。

ここでは誰一人として味方はおらず針の筵《むしろ》状態で、その上自身の中の劣等感と闘わなくてはならない。いや、もう闘い等という段階でもなく、常に心身共に一方的にリンチされている状態であった。いつまで続くのか解らない生活を延々と繰り返して、最早反省よりも自死の観念と欲求を全身に植え付けられる。

結果的に、ロップイヤーは懲罰房に20日間も居ることになったが、後半はぎりぎりの状態で、舌を噛み切る元気すらも湧いてこなかった。

念入りにシャワーを浴び一瞬だけ医師の診断と栄養剤の注射を受け、何とか動く事が出来るようになったが、未だにあの場所への嫌悪感が異臭となって身体中に染み付いているような気がした。そんな身体を綺麗になった服で包もうと洗濯機から取り込んだその時、誰かの気配がした。

衰弱で意識の集中が切れていて、気が付くのが遅れた。

3人の女が自身の周りを囲っている。自分に何の用かと、精一杯の冷静さを振り絞って尋ねる。

「ルートをバラした罪の清算と、粗悪な混ぜ物を摂らされそうになったウチへのけじめが必要だろ？ お前のせいでボスは未だに帰って来れてねえ」

その中でもリーダー格であろう一際体格の良い女が、興奮気味にそう言った。早い話、報復だと察した。弱々しい身体を、大きな鼓動が叩いている。身体中が、強ばってくる。

「気持ちの悪い耳だし痩せすぎだが、まあツラは悪くねえな。簡単に壊れるなよ？」

血の気を撒き散らさんとばかりに、鼻息荒く近付いてくる女達。完全に抵抗力を失ったロップイヤーは何も言わずに目を瞑る事しか出来なかったが——次いで聞こえて来たのは、幾つかの打撃音だった。

そこからの記憶と意識はほとんど曖昧だったが、確かな光景として目の前に広がっていたのは、痛みに呻き倒れている女達と。

自身の腕を持ち上げて、小さく痩せた身体を軽く抱き寄せる、トマトナであった。


「お勤めご苦労さん」


余りにも、深く優しい声色だった。

その声と伝わってくる身体の温もり、鼓動の音は、萎《しぼ》んだ心に果てしなく染み渡った。

懲罰房を出てからも甘えるつもりなど毛頭無かった筈なのに。

ロップイヤーは震える腕で、可能な限り、目の前の熱を強く抱き返した。そして、呼応するようにトマトナは言葉を紡いだ。

「人払いしている部屋がある。是非ともそこで答え合わせをしてくれよ」

移動した二人は話し合った。思い出したくなかった懲罰房での事も、酒の肴《さかな》の様に喋れた。この20日間でトマトナが何をしていたのか。他の囚人の笑い話や、変化した事。また、どの様に中止された取り引きを再開させたのか。

様々な事を喋り続けて盛り上がり、少しだけ空気が変わった。

答え合わせの時間が迫っていた。


「……トマトナ。いつ、脱獄するの？」


単刀直入に。ロップイヤーはそう尋ねた。

トマトナは、心底愉快そうにくくと笑った。

「良いぜ。それが事実だと仮定して、問答に付き合ってやる」

そして、尋ね返した。

「いつから勘付いてた？」

「……切っ掛けは幾つかあった。まず、ミセス・マドレーの部屋に初めて入れられた時。あれから、何度か行かされるたび壁の違和感を確かめた」

「ああ、あの時は壁から漏れてた水でミルク作ったって聞いて思わず笑っちまったよ。運が良かったっつーか、よくそれで切り抜けられたな」

「……笑い事じゃない。偶然そのことに気付いてなかったら僕は彼女に殺されてたかもしれない」

後程判明した事だが、あの監房はシャワー室と隣接した場所で、尚且つ偶然その時別の班の囚人達が利用して水を大量に消費していた為、水漏れが発生したのだろうという事だった。

「最初に渡したカップの水で作ればよかっただろうに。ま、そういう〝引っかけ問題〟だったからな。悪かったよ、試すような真似して」

トマトナの飄々とした様子に、ロップイヤーの口からは安堵なのか呆れなのか解らない溜息が漏れた。

「……その時から感じた少しの違和感を調べていくうちに、壁が、老朽化とは違って明らかに人工的に剝がされ開けられている事を知った」

「ま、〝偶然〟に？　壁に穴開けた時にドジって水道管も傷付けちまってな。タオルやら紙おむつとかで可能な限り水漏れとか穴を塞いでた。あそこは基本的に誰も立ち寄りたがらないし、見張りもないから何とかバレはしなかったが」

トマトナはわざとらしい声色で応える。

「……最初は気付いて欲しいから、僕を何度かあそこへ送ってたのかと都合の良い解釈をしてたけど。恐らくカムフラージュだったんだよね。トマトナばかりが何度もあの場所に行ってると怪しまれるから、交代要員として新人の僕が必要だったんだよね。あの劣悪な環境と面倒なミッションなら、引き継ぎのように嫌々行かせてると見せかけられる」

「まあ、ミセス・マドレーがお前の事を気に入ってたってのもあるけどな」

軽く笑うトマトナ。一息ついて。

「それで。いつ、アタシの脱獄計画を確信したんだ？」

「……確信は無かったよ。完全な証拠も無い。でも、これまで何度か行われた取り引きや他人から得た情報。それらを統括すると、今思えば全部脱獄に結び付くかも、という程度の引っ掛かりだけがあった」

「相当イカれてるぜ、お前。そんなほぼ確証も無い状態なのに、アタシを庇って懲罰房に行ったってのか？」

「……いや、確証に近いものは得られていた」とロップイヤーは言葉を繋ぐ。

「……トマトナがこれまでミラダから貰っていた情報、内緒で育ててたネズミと引き換えにほぼ教えてもらったんだ。怪しい動きをする囚人を見張らせていただけじゃなかった。刑務官達の情報や配置、死角とかあまり人が出入りしない所とか。可能な範囲で刑務所施設の事を確かめさせてた。多分、脱獄ルートのシミュレーションをする為の材料だったんだと思う」

ロップイヤーの推理に、トマトナは黙って笑みを浮かべるだけで、肯定しない。

「……映画の日に『頃合だ』って呟いていたのも、恐らくこの情報を見て脱獄の目星が付いたからだよね」

だが、それは今やもう肯定のようなものだった。

「……これは想像になるけれど、3号棟マフィアとの取り引きも、恐らくそれと関係していた筈。渡す予定だったモルヒネの〝見返り〟が、脱獄計画に必要だったんだ」

一息ついて。

「……纏めると。全ての情報を元に導いた答えが、トマトナが脱獄を計画しているという事だった。だからあなたが懲罰房行きになりそうだった時、僕にはそれを止める必要があったんだ」

「ほう。つまりお前は、危うく捕まりそうになったアタシを助けて、脱獄して欲しかったのか？　まるで子分の鑑《かがみ》だな」

「……ううん、違うよ。最終的にはそこに繋がるけど、真の目的は別にある」

「勿体振るなよ。それならその、お前の真の目的ってのは一体何だ？」

「……僕を置いていこうとしていたから」

そう言うと、トマトナは少しばかり驚いた顔を見せた。

ロップイヤーが持つ野生の勘、といった類のものには舌を巻く時が幾度かあったが、それを今回も発揮していたことに対しての驚き。そして。

「……トマトナがあんなにあっさりと、全てを諦めて懲罰房行きを受け入れるなんて、不自然だと思った。方法は完全には解らないけど、あなたは脱獄しようとしていたんだ。僕を置いて。だから僕はそれを阻止した」

それは一種の賭けに近い行為だったと、言う。

確証の無いままそこに踏み切る行為が、頭の螺子《ねじ》の外れ方が。

トマトナの身体を確かな興奮で身震いさせた。

そして。今まで見た事の無い程のエゴを。

あの日、彼女がトマトナの代わりに全ての罪を被って自白し、懲罰房行きを宣言した時と同じような。

身勝手さと確かな狂気を、感じ取った。

「……僕も一緒に、刑務所の外へと連れて行って貰う為に。あなたの本当の信頼を得る為の、自身の覚悟の〝証明〟として。懲罰房に入ったんだ」

しばしの沈黙。するとトマトナは、顔を手で押さえて、肩を小刻みに揺らした。間違いなく、笑っていた。

声を押し殺して、静かに笑っていた。

そしてトマトナは心底面白いものを見たといった表情で尋ねた。

「やっぱりお前完全にイカれてるよ。賭けが外れてたり、もしアタシがお前の覚悟を無下にして脱獄してたら、どうするつもりだったんだ？」

「……でも、そうしなかった。大事なのは、結果と事実でしょう？　この20日間、僕が出てくるまで。つまり〝答え合わせ〟の時間を、ずっと待ってくれてたんだ」

そこまで解ってるならもう充分だな、という表情で語り掛ける。

「臭え懲罰房にぶち込まれて、嫌気が差しただろ」

「……うん。決意がより固くなった」

そうして、二人は互いの名を呼び合った。

今考えている事は、きっとひとつの目的に向かって。

どちらの想いも、一致していた。

共通した意志の言葉を、同時に静かに口にした。

「一緒に脱獄しよう」

「……一緒に脱獄したい」

3章

何度だって思い出す。何度だって夢に見る。

自身が貶めたあの少女は、今どうしているのだろう。

その時は考えも及ばなかった。

大人になった自分は、自分が組織内でこなしていた仕事は間接的に誰かを不幸にしている事は解っていたが。

見ない振りをした、感じない振りをした。

余計な情報を入れないよう、耳を閉じる癖がついた。

夜が来ると、孤独になるといつも考えてしまうから、なるべく覚えないように頭の中を騒音のような声や言葉で、真っ黒に埋めつくした。

するとその意図的な忘却の代償なのか、脳はあの日の事ばかりを夢に見させるようになった。

自身にとって原始の、罪の体験。罪悪感の芽生え。

「——が私にキスした！　気持ち悪い！」

そう言った途端、後ろの少女が浮かべた表情。

一瞬だけ見えた、あの顔が。

未だかつて無いほど鮮明に、眼前に映り。


激しい喘鳴と共に、ロップイヤーは反射的に飛び起きた。

酷い動悸、服にへばりつく程の寝汗。見慣れた天井。

現実。ここは監房だ。

このような夢は刑務所に来てから何度も見ているし、勿論懲罰房でも幾度となく自身を追い詰めたが、日と回数を重ねる毎により映りが鮮明になっていっている気がする。まるで何かの予兆の様に、再現度が増している。

「平気かロップ？　今夜は一段と魘されてたな」

滅灯時間のため極力小さく喋る、隣のトマトナの声が何よりも安心だった。ロップは返事代わりに重く深い溜息をついた。

ずっと頭に、眼に染み付いて離れない。

友情を、そして一方的とはいえ破壊した相手の恋慕を。

寝ても醒めても、果てしない暗闇が広がっている。

ここから抜け出したい。心も身体も自由になりたい。

その為には、どうすれば良いのか。どれだけ考えても、自分は自分でしかないから解らない。

今襲い来る苦痛を躱すだけで、生きる事は精一杯だった。

「明日から準備が始まる。しっかり休まねえと身体に響くぞ」

「……解ってる。ごめん、もう大丈夫」

「どんな夢を見たんだ？」

「……え？」間髪入れずの言葉に、思わず疑問符を浮かべた。

「いや、別に言いたくねえなら良いんだ。気の利いた言葉を期待されても困るしな。だが、何か喋っとくだけでも楽だし落ち着くだろ」

そう言って欠伸《あくび》をしたトマトナの言葉は何処にも緊張が無くて、不思議とすとんと自分の中に落ちた。

そして、心の中で頷いた。

「……昔の、ずっと昔の夢を見るんだ。子供の頃の」

ロップイヤーは、ぽつりと話し始めた。トマトナは軽く鼻で笑う。

「ほう。子供時代の悪夢なんて大概どんな奴でもろくなもんじゃねえわな」

「……うん。この刑務所に来る前からだけど、よく見る。最近頻度が増えてて、本当に苦しい」

「内容は？」

そう問われて、言葉を詰まらせた。だが、その後どうやっても声が出そうにない。他人にとっては大した事がないのかもしれない。それでも、顎も腕も足も身体も、冷たさを帯びて石のように固まってしまう。次いで、震えがやって来たところでそれを止めるかのように優しく触れられた。見るとすぐ隣にトマトナがいて、軽く抱き寄せるかのように腕に手を回していた。

「……トマトナ？」

急な接触に身体が強ばり離れようという作用が反射的に働き掛けたが、そうした感覚は一瞬であり、その後不思議と嫌さは無かった。

「昔、よくリコに……妹に、こうしたよ。いつまでだったかは忘れたが、寂しがりな奴だったから、ほぼ毎晩な。だがアタシも気恥ずかしいから、これが目一杯だった」

トマトナの横顔は、少し見上げる自分ではなく何処でもない場所に向いていた。今までもスキンシップは多かったが、こんな風に触れられた事はなかったので新鮮で、尚且つほんのりと温かさがあった。震えは、いつの間にか止まっていた。

「……昔、とある友人だった女の子にキスをされた」

トマトナは黙って聞いている。

「……それが恋慕からなのか、自覚の無い性衝動に依るものだったのかは解らない。でも、ただの遊びのようなニュアンスではなかったと思う。それから僕達は——〝私〟達は、子供だった。一方は突っぱねて、一方はきっと深く傷付いた」

「きっと、ってのは？」

「……その時の彼女の顔が。ずっと、脳に焼き付いて、染み付いて離れない。深い失望の様な、とてつもない驚きのような。それまで仲良くしてたつもりだったから、見た事の無い表情に驚いた」

ロップイヤーは、再び震えそうになってきた身体を少しだけ緩めるようにして横の熱へと預けた。

「……私は、今思うとそういった行為に理解が無い環境で育ってた。私の世界では、揶揄《やゆ》されるべき存在としてあった。自分の気持ちをおかしくさせたから、彼女は罰を受けるべきだって、反射的に思ってしまったのかもしれない。愚かな私は、他の友人達に彼女の悪行を高らかに告げた。皆それを面白がって他の人にも吹聴した。そんなつもりじゃなかった、とは言えない程に、彼女に対する噂は尾ひれがついて只事じゃなくなってた。彼女は後ろ指をさされながら生きて、そして内戦が起きて消息が不明になった」

溜息をひとつ吐く。

「……そこからは怒濤《どとう》の生活で。親を亡くした自分は人身売買の商人に拉致されて、売り飛ばされた先が趣味の悪い大人達の所で。生きる為に必死で、数え切れない程大量の人の言うことを聞いた。この耳を駆使してなんとか逃げ出して、色んな場所を転々とした私は、最後に捕らえられたある犯罪組織で、能力を買われて諜報員になった」

いつの間にかこちらを少し驚きの表情で見ていたトマトナ。何故かは解らないが、理由を確かめる以前にもう自分の口から漏れる言葉が止まることは無かった。

「……そこでは女は殆ど奴隷的な扱いを受けるから、私はずっと男の振りをして活動していた。この耳も、子供の時はまだそこまで垂れるほど大きくなかったけど、成長するにつれて周りと違う事が曝されたら、どんな所に行っても面白い程に嘲笑われた。幸か不幸か、皆それに気を取られて性別がバレることは終ぞ無かった。緊迫感のある生活だったけど、あの時犯した自分の罪に対する罰だと思う事で、やり過ごした」

ずっとこちらを見つめるトマトナとは目を合わせることなく。溜息混じりに、か細い声で言葉を紡いだ。

「……私、僕は、弱いから。自分の意志が薄弱だから。ずっと、何か大きな力に振り回されて、それを理由に自分を抑え込んで、何かの後に付き従って生きてきた。これからも、きっとそうなんだと思う。指針が無くなった途端、逃げて、思考を放棄して、楽な道ばかり進んでいくんだ。そして、永遠に悩んで心を自傷し続ける」

そう自嘲的に呟いた瞬間、トマトナが抱き寄せる力をほんの少し強くして。

「馬鹿な事を考えるな、お前」

そう言い放った。

「お前にとって必ずしもそうとは限らねえが、気の利いた言葉を期待するなって言ったのを撤回するよ」と付け加えて、トマトナは語り始めた。

「この世に苦悩が無い人間なんていねえ。皆、常に何かに苛《さいな》まれてる。大事なのはそれが多かれ少なかれ、程度や度合いはあれど、ずっと抱えて生き続けていくって事だ。本当に強いってのは、そういう事だ」

「……その理論でいくなら今生きてる僕らは皆、強者ってこと？」

「いや。そうとも限らねえ。アタシたちは基本的にみな等しく無力だ。理解を超えた大きなもんには確かに振り回されるしかねえ。そこから逃げるしかねえ時もある。だが生きていく限り、人生に〝本当の意味での逃げ〟なんてものは無え。それがアタシの持論だ」

言い切って、トマトナは更に手の力を込める。

「弱いまま強く生きろよ、ウサギちゃん」

力強くなる抱擁と熱を、振りほどこうとはしなかった。

「これから、アタシとここを出て。生きていくんだろ？」

顔を上げて、トマトナの眼を見た。

鋭くて冷たい、蛇のような、と何度も喩えた事があったが。

その眼で睨まれてしまうと、何故か自分でも、自分の知らないところを見られているような気がして。

そうなると何とも喩え難い、強いて言うならば柔らかいがごわごわとした感触の布のような、不可思議な心に出会った。

「……生きるって」

そう思っても良いのか。そう考えてもいいのか。

ずっと閉じ込めていた、ただの流れ作業だった命が。少しだけ、脈動を始めた気がした。全身に、僅かに熱を帯びた血が巡り始める。自身の目の奥に、今までになかった痛さを感じた。

だがそれが何かは、そしてその先は何も有りそうにない。ただただ、未知のほんのりとした痛みだった。

トマトナは少しだけ笑って、固まったままのロップイヤーからぱっと離れて自身のベッドに戻って寝転んだ。老朽化した板と金属が軋む音が、二人の先程の会話よりも大きく鳴る。

「この忌々しい寝心地からも、ようやくおさらばだな」

隣でそう呟かれた言葉に。

全面的に同意した後、泣き疲れ果てた赤子のように滑らかに、安らかに深い眠りに落ちた。


野外運動場の倉庫に、一人の女が佇んでいた。

汚れひとつ無い制服に身を包み、精悍《せいかん》な顔付きに憂いを浮かべながら、とある人物を待っている。

右手の手袋を外した。その薬指には、丁寧に磨かれた指輪が光っていた。

「リコ……すまない。予定外の事が起きたんだ」

女は、指輪に話し掛ける。心苦しそうに、顔に皺を寄せて。

「君の無念を晴らすのは、もう少しだけ後になりそうだ」

呟いた直後。倉庫の扉が開いて、誰かが入って来た。

「待たせたな」

そう言った声の主は、トマトナだった。

警戒心の強い女は、辺りを見渡す。

「監視の〝目〟や〝耳〟は何処にもありませんか？」

「いつも通り人払いは済んでる。それにお前さんの不安の種のミラダやロップも遠く離れた場所に居るから、流石に聞かれる心配は無えよ」

了解した様に、小さく頷く女。

それから、トマトナによりロップイヤーの懲罰房行きの件の全貌、理由の説明が為された。

女は最初は冷静にそれを聞き込んでいたが、聞き終わる頃には怒りを露わにした。

「ではやはり、にわかには信じ難いがあの兎娘が……すべて単独で企画し、行った事だと言うのですか？」

「そういう事だ。自分を置いてアタシが脱獄しようとしたのが許せなかったんだと。利害関係的なものもあるだろうが、いつの間に、そんな懐かれちまったんだろうな」

満更でも無い様子を見せるトマトナに、女は苛立ちを隠せないといった様子だった。

「そんな身勝手な……奴のせいで、すべてが台無しになった。あの日、私達は〝復讐〟を遂げる筈だったのに。それなのに！」

「だがあいつは自ら地獄に向かい、それを耐え抜いたんだ。普通に成し遂げられる事じゃない。その事実と覚悟だけは、確かなものだろ」

そう言われた女は、痛いところを突かれたとばかりに、罪悪感を抱えた子供のように目を逸らした。

「お前も奴の覚悟を懲罰房で試して目の当たりにした筈だ。暴言と暴力であいつを追い詰めたんだろ。それにアタシも何度もあいつの事を試した。お前を納得させる材料を得る為にな」

そう続けて。

トマトナは眼前の女の名前を呼ぶ。


「なあ、そうだろ。ペルシコン」


これまで主任刑務官としてのし上がってきた誇りを雰囲気として纏いながらも、いつもより緊張感と警戒を薄くした様子で。

再び革手袋を右手に装着し、ペルシコンはトマトナの方へと向き直る。

「……あの件は本当に申し訳ございませんでした。余りにも冷静さを欠いた感情的な行動でした」

「解らなくも無いがな。怒りってのは麻薬と同じで上手く量をコントロールしないと身を滅ぼすぞ」

肩を竦《すく》めてトマトナが言う。

「ヤクといえば、押収した〝見返り〟は期間が経ってダメになってないか？」

「ええ。実は3号棟の管轄に横取りされそうになりましたが、そこの刑務官の一人も取り引きに噛んでいた事が判明した上に、取り引き相手だった元マフィアのボスの懲罰房送りにも協力した功績を見せつけたところ手を引きました。それを用いて作った〝例の物〟も一度設置したのを回収し所外で処理しましたが、問題なく作動しました。あの兎女が自白するまでは、計画は完璧の筈だった」

そう言ってペルシコンは唇を噛んだ。そして負け惜しみのように台詞を零す。

「彼女には、私が仲間である事は本当に言っていないんですよね？」

「ああ。最後まで言うつもりはねえ。これはそもそも、お前とアタシの問題だからな。アタシ達だって刑務所から出れば永遠に他人だ」

「ええ、そうですね。それにしても正直、侮っていました。あそこまでやってのける人間だとは」

思い返す度に、自らの行いがそもそもの原因だった気がしてならない。自分への反抗心が育って、実を結んだ様に思えて仕方が無い。

数ヶ月前、トマトナの同室者が医療施設送りとなり、彼女独りになった方が都合よく脱獄計画を進められると思った矢先にやって来た、あの兎耳の女。

元々新人達が一斉に入所する日だと事前に聞き及んではいたが、それでも憤りは隠せなかった。

ロップイヤーが計画の妨げにならぬ様に監視の目を強くし、事ある毎に冷たく接した。入所前の検査では隠していた、凄まじい聴力を持つ事も後程トマトナから教わった。そのせいでこの様な密談も余り時間が取れず、直接連絡を取るのが困難になった。どうにか自分達の関係や繋がりがバレないように、可能な限りお互い演技をして、敵対関係を演出した。

そして尚のこと、自分に近寄り難くする為にロップイヤーに対し冷たく接した。

お陰で彼女は非常に動きにくそうにしていたが、孤立させたいという自身の想いとは裏腹に、トマトナとの関係は良好に進んでいた。演技をして、徹底的に二人の敵役の振舞いをするしかなかった。

「それで、貴女は。何を見極めたというのですか」

納得いかない様子を醸し出したまま、目の前のトマトナを睨む。

「勝手な行動をした私も強く言えない立場ではありますが……20日間も脱獄を中断して。一体何を待っていたのですか?」

彼女は、トマトナがどう返すか解っていながらもそう尋ねた。

それでも願っていた。もしかしたら違う答えを出してくれるかもしれないと。

「ペルシコン。お前はこれを聞けば憤るだろうが」

だが、現実は無情で。

どこまで行っても、予想通りだった。

「ロップの奴も、一緒に脱獄させたい」

そう言った途端、ペルシコンは目を閉じて。

深く重い溜息を吐いた。

「情に絆《ほだ》されたんですか、お姉さん。貴女ともあろう方が」

最愛の恋人であるリコを失ってから。

激しい怒りと憎しみだけに苛まれながら、夜を越えて来た。

「あいつは、どこかリコの小さい頃に似てるんだ。勝手なのは解ってるが、あいつはもうアタシの中で放っとけない存在になっちまった」

感情をぶつける相手を探していた。この刑務所は以前戦争や内戦における捕虜収容所の役割を果たしていたので軍の介入も多く、その中でも余りにも凄惨かつ後ろめたい内容により無記録扱いとなった拷問や非人道的尋問があったという事を、主任刑務官の座を手にして知った。今後そういった事が二度と起きないよう、目を光らせておくという意味でも昇進して良かったと思う。

「違う。何も、似ていない。リコは、私が愛したあのリコはもういない！　私はその事実と、煮え滾《たぎ》る激しい憎悪を忘れずに今まで生きてきた。この気持ちを味わわせた奴に同等の苦しみを与える為に、これまで生きてきた」

そして。漸《ようや》くリコを亡き者にした相手の名前も、知った。

この刑務所の権利を実質握っていた将校、その娘のルスキャンディナ。

ボスが亡くなってから弱体化したとはいえ、尚問題を起こしていた犯罪組織『アラクラン』の逮捕者を幾人か秘匿に尋問したのが彼女だった。幹部の男はこの刑務所のどこかで、尋問と称した拷問を受けた。苦痛から逃れたい余りに、逃亡中に自身を助けた恩人である筈のリコを売った。

「お前の気持ちは解る。だが軽々しく言ってるつもりはない。あいつの耳は脱獄の役に立つ。複数人が通っても問題ないようルートは確保するし、成功率も上げられる」

その男とリコが関わっていた事に気付いた時は、もう遅かった。『アラクラン』の協力者として容疑がかかり逮捕され、その卑怯な男と恋人ではないという証明が、終ぞ出来なかった。ルスキャンディナはその部分を執拗に追及し責め立て、激しい拷問の末リコは亡き者となったのだと想像した。

その仮説はルスキャンディナから命じられ、リコを病死と診断結果を出し不正に退所扱いとした医師の一人から得た情報を切っ掛けに導き出した。トマトナを通じて得た囚人達の噂や情報でも、入所時は健康体だったにも拘らず何人か失踪した者たちがおり、隅々まで調べると全員不自然に退所していた。囚人達は皆『アラクラン』の関係者という共通点があり、退所時期はルスキャンディナの所長就任以降の期間と一致していた。

「いや、私は敢えて感情の話がしたいのです。リコは、自分が殺されてしまうかもしれないというのに、私との関係や恋仲である事を一切告白しなかった。私達の愛を否定するであろうルスキャンディナに悟られぬよう、私にまで罪が飛び火せぬよう命を賭《と》した。その時の彼女の事を考えると悔しくて苦しくて堪らない。貴女こそ残酷だ。あの娘に面影を感じるならば、こんな想いを味わう私達の傍に迎え入れようなんておかしい」

同時期、足を洗っていたトマトナが過去に犯した罪で投獄され、偶然にペルシコンと出会った。

二人は顔見知りだった上に、共通の大事な人間——リコを奪われていた。すぐさま復讐の計画を立てた。

トマトナは刑務所内を可能な限り牛耳り、囚人間で蔓延《はびこ》る様々な情報を掻き集めた。

そしてペルシコンは仇であるルスキャンディナの信頼を勝ち取りながら、刑務官としての情報、囚人達による情報、すべてを集約し、ようやく悪事や違法行為の数々を摑み、証拠資料を作り上げた。

自分独りだけが訴えを行ったところでルスキャンディナとその裏の協力者達に握り潰される可能性があるが、囚人によるこの堅固な刑務所からの脱獄という事実が世に広まり、尚且つ内部の汚職がリークされれば、政府からの介入と追及は免れないだろう。

数年掛けて、可能な限り憎しみの感情を殺し、宿敵の傍で仕事をし、ようやく準備が整った。

だが、ロップイヤーの勝手な行動のせいで、それがすべて水泡に帰す所だったのだ。ペルシコンにとっては恨みの一つも言いたくなる事柄である。

「それでも。置いていくなんて出来ねえよ。これだってアタシの感情の話だ。あいつには、指針が要る。少なくとも、この刑務所から抜け出るまではな」

トマトナはいつになく真剣な面持ちで、そう告げた。

もう仕方無いとは解っていた。トマトナのその選択を、受け入れるしかないのだと。自身も、どこかでそうするしかないのだと。認めたくは無いが、これからはロップイヤーが協力者となる。その事実が自身をより苦しめた。

「黙ってるってことは、肯定でいいんだな？　まあ何を言われようと、アタシはやるぜ」

結局、今どれだけ思考を張り巡らせようと、自分を完全に納得させる答えは出そうにない。それにこのようになったトマトナを説得する事も、どう話しても感情的になりそうな今の自分には出来る気がしない。

一応ロップイヤーの経歴も時間がある限り調べてはみたが、過去も犯罪の記録も大した内容ではなく、トマトナから断片的に聞いた情報以上の事も無い。彼女がシャワー室で見たという拷問を受けたのでは無いかと思われる傷についても、奴隷生活で付いたものだと聞けば辻褄が合う。特に怪しむ要素は無い筈だ。ペルシコンは、必死に頭の中に湧いた不安を塗り潰し、胸に覚悟と決意を灯らせて言った。

「……新たな計画を聞きましょう」

「ああ。だがその前に」

トマトナは、袖を捲り腕を露出した。

そこに、何の確認もなくペルシコンは脇に差した警杖で数度叩き付けた。顔にも、何発か打ち込んだ。ただこれは、彼女にとっては腹癒《はらい》せ等ではなく、不本意な暴力であった。

唇が切れ、内出血の痛みに耐え、トマトナは笑う。

「ここを出る時、刑務官と囚人二人きりで、何も無しじゃおかしいからな」

話し終わる頃には膨れ上がって痛々しい見た目になってるだろうよ、と。そう強がって言う彼女に「本当にすみません」と心苦しさによる顰め面のまま一礼するペルシコン。

かくして、二人にとっての最後の作戦会議が始まった。


数日後。

運命の日は、あっという間に訪れた。

没になった本来の計画はシンプルに言えば、なんてことは無い、発覚する時間をぎりぎりまで稼いだ上での脱獄だった。

時間と回数をかけて掘ったミセス・マドレーの監房室にある壁穴を抜けた先の多数の配管が走る空間と通路を進み、そこと予めとある懲罰房の一室の通気口の蓋を取り外し繋げておいた。

そして、その特別な懲罰房にトマトナが入る予定だった。当然その通気口は巧妙に細工され、光で照らしよく見ないと全く蓋が取り外し出来るとは思えないようにしている。専用の工具を室内に持ち込むことが出来れば簡単に取り外せるが、その工具は勿論、ペルシコンが房に立ち寄って食事と共に密かに渡す予定だった。

見回りは基本的に入室したその日には無く、翌日の食事時間まで来ることは無い。またドアを開けるまでは光も差さない懲罰房、1日たった1回の食事の時間でしか見回りは来ないため、ペルシコンの協力がある事で脱獄発覚までに最低でも2日は時間を稼げる予定だった。

もう一度このルートを利用するにしても、理由付けに正当さが無くては、主任刑務官の命令とはいえ何度も同じ懲罰房に入れると怪しまれる可能性がある。そうなった今、代替案として挙がったのが。

「どうも、刑務官殿。ミセス・マドレーの洗身と部屋の清掃を願います」

本日の刑務作業がすべて終了し、トマトナはロップイヤーと共に特別監房の前に訪れた。気だるげな様子で扉の前に立つ潔癖の気《け》がある男性刑務官が「ああ」と頷く。

「昨日申請を受けて、もうそんな時期かと思ったよ。1年ぶりか？ 解ってると思うが臭いが酷いから、いつも通り布を張れよ」

「ええ、勿論」

にこり、と刑務官に作り物の笑顔を向けるトマトナ。

以前より、特別監房の奥に設置された簡易的な手洗い場からホースを引き伸ばしてきてマドレーに湯をかけたり部屋を水で洗うが、流れた汚れや蒸気で異臭が特別監房中に立ち籠める為、他の囚人達へのせめてもの配慮として合成樹脂製のオレンジシートの設置を提案したのはトマトナだった。

元々は玩具箱や壁穴への作業効率を高める為の名目で目隠し的に取り付けたものである。

「あの怪物と一夜を共にして介護作業とはな。俺達へのご機嫌取りや点数稼ぎとはいえ酷なことだな」

「いやいや。彼女をキレさせて大事な刑務官様方を病院送りにする訳にはいきませんから、危険な事は捨て駒の囚人に任せて下さいな」

皮肉を言ったつもりだったが、トマトナの『病院送り』の言葉に生唾を飲む刑務官。結局のところ扱いが難しいミセス・マドレーの世話を刑務作業のひとつとして任せているのは、己らの怠慢ではあるのだ。

ふんと鼻を鳴らして、トマトナ達に告げる。

「主任からも明日の昼までには作業を終えるよう命令を受けている。その時に再度呼びに来るからな。その後はお前達もシャワーを浴びて速やかに自室へ帰らせる」

監房内に二人を入れて檻を施錠した後、臭くて辛抱堪らんといった様子の顰め面でそう言って、刑務官は元の場所へと戻って行った。

「潔癖野郎に幸あれ」笑い捨てる。

「……計画通りにいったね」

「大変なのはこれからだがな」

刑務官が完全に離れたことをロップイヤーが耳で確認するとすぐさま巨大なシートを張り巡らし、巨大な玩具箱をどかし、紙おむつやタオルを貼り付け埋めた壁穴を出す。

「とうとう、お別れなのね。さびしく、なるわ」

ミセス・マドレーがぼそりと、息苦しそうに呟く。

「以前来た時も言った通りだ。アタシ達の部屋からの脱出も考えたが、あそこの通気口の取り外しはロップが仲間になってからの短期間じゃ壁掘りも細工も難しかったんでな。それに、どれだけ時間を稼ぐにしても明朝の点呼でバレちまう」

全面的に協力してもらうことになって申し訳ない、と付け加えながら、トマトナはホースから水を出しながら、その肥大した右手に手渡した。定期的に手を動かしてもらい部屋の中に水を撒く為だ。長時間何の物音もしないと、流石に不審がられる可能性がある為、せめてもの保険だった。ミセス・マドレーは、ふふと優しく笑う。

「いいのよ。あなたたちのためなら、なんだってするわ」

塞がりかけた瞼の奥に覗く眼が、二人を見据える。

「わたしも、もう長くはない。わかるの」

何もしていないのに、明らかに息が上がっている。肌の色も、最初に来た頃より明らかに薄くなっている。それにより隆起した血管の青さが更に目立って、痛々しい。

「この子の声も、もうあまり聞こえなくなってきているの。ミルクも、ぜんぜん飲まないの」

左手の人形を少しだけ持ち上げる。手垢に塗《まみ》れたそれは、じっと動かずに何処でもない空間を見詰めている。

「トマトナ、ロップイヤー。あなたたちにはたくさんの、楽しみをもらったわ。ずっと皆に拒まれて、こんな所へ閉じ込められて、ただくるしいだけで終わる世界が、きらいだった」

そう言って、さようならと告げる。

「あなたたちは、自由に生きるのよ」

その言葉に。

ロップは少しだけ強く奥歯を噛み締め、ただひとつ、頭を下げた。

「またな、ミセス・マドレー。……マドレーもな」

手の中の人形に向けても別れのハンドサインを手振りしたトマトナと共に、穴を潜り抜け配管の通路へと出た。

進む度に蒸気が通っている為か、むわっとした熱気が全身を包んでくる。ミセス・マドレーの部屋を片付ける為持ち込んだ懐中電灯をつけ、真っ暗な空間を歩いていく。

「……彼女は、本当に？」

「ああ。前例が無い奇病で、手を尽くしたがもう駄目らしい。それも含めて、このタイミングでしか脱獄は無かったな」

冷静で合理的な発言とも思えたトマトナの声音は、いつもより軽さは無く真剣味を帯びていた。ミセス・マドレーとは脱獄の為の協力関係と言えど、それ以外にも何か思う所があったのかもしれないと、ロップイヤーは思考した。

「……見回り、明日の昼まで来ないといいね」

「一応簡単なダミー人形と布団代わりのシートも置いといたんだ。滅灯時の暗闇で覗き見しただけじゃ簡単には解らねえ筈だ」

ここまでは上手くいった。だが、ここからの動きがかなり重要で、尚且つ運の要素もある。トマトナはおさらいといった調子で、歩きながら小声でロップイヤーと計画について会話する。

「そこに外に繋がる通気口があるが罠だ。出たところで有刺鉄線付きの高さ約15ｍの外壁が取り囲んでいるから、登って逃げるのは不可。となると、脱出ルートは正当に出口からの脱出だ」

強固な正六角形の外壁で囲まれた刑務所だが、出口の門は2つある。それらはAとBの名称が付けられていて、互いに対角に位置している。今は配管通路を進みBの出口に繋がるB駐車場の方向へと向かっている。

トマトナは事前にペルシコンから車庫管理リストにて、21時にB駐車場に停めてある貨物運搬車を使い街へと向かう刑務官達がいることを確認済みであり、その時間までに駐車場へと侵入しその貨物に隠れられたなら、自動的に刑務所から抜け出せる。その件についても、念入りに打ち合わせとおさらいを行う。目印の配管まで辿りつき、トマトナが尋ねる。

「ロップ、今の時間は？」

ロップイヤーは腕の手巻き式時計を確認する。

「……20時40分。充分間に合う」

「ああ。それに〝協力者〟の奴にはその刑務官共が21時より前に駐車場に行くことが無いよう、可能な限り足止めをして貰っている。今駐車場は無人の筈だ」

ペルシコンの事を協力者、という言い方をしたがロップイヤーはそれについて何も問いたださなかった。わざわざそんな呼び方を、トマトナがするのだから、余計な追及は避けるべきだという判断だった。

二人は狭く入り組んだ作りになった配管通路を、上手く身のこなしで躲し潜り抜けていく。全身から細やかな汗が流れ出し、服に張り付く事で不愉快さを露わにする。

「くそ、やっぱり蒸し暑いな。この忌々しい蒸気管がずっと止まってくれれば、こんな面倒な事しなくても楽に抜け出せたんだがな」

そう言って、トマトナは熱源である老朽化し錆まみれになった巨大な鉄の配管を軽く蹴る。

「……本来はこの蒸気管の中に入って抜け出すつもりだったんだよね」

「その通りだ。このでけえ管は刑務所の外壁を突き抜けて向こう側にまで延びている。錻《ぶりき》の玩具から引き剝がして作った即席のノコギリでよ、刃を長持ちさせるよう水かけながら少しずつ削って切り取って……苦労したんだが、今はもう全部塞いじまった。それも素人の適当な処置だ、いつダメになってバレるか解らねえ」

ロップイヤーが懲罰房に入っている最中に、ちょうど刑務所内で暖房設備が作動する事になった為、蒸気が通るようになってしまった。仮に管の中に入ったとして通る距離はそこまで無いが、かなり危険である。

自身のせいで安全な脱獄ルートを潰してしまった引け目と謝罪に対して、トマトナはお前は何も気にするなとだけ言い、乱暴にロップイヤーの頭を撫でた。

駐車場へと繫がる通気口を取り外し、ようやく駐車場へと出た。二人の目に入ってきた光景は、無機質で薄明るく広い空間に、ペルシコンから聞いていたナンバーの貨物車両が一台。

そして、在るはずの無い人影だった。別の場所で刑務官達の足止めをしていた筈の、ここに近付く予定の無い人物。

「ペルシコン……？　お前、何で」

ペルシコンが、駐車場の丁度中央にぽつんと置かれた金属製の椅子に目線を下げて力無く座り込んでいる。明らかに異様な様子にトマトナが少し近付いて、再び問い掛けようとした瞬間、気付く。

いつもの黒手袋が外された手の甲は、椅子の穴に合わせて大きな釘の様な何かで打ち付けられ固定されており、また、両手の〝すべての指の爪〟を無理矢理に剝がされていた。

それ以上の情報をトマトナが脳で処理する前に、ぞっと、全身に悪寒が走ったと同時。

すぐ横から、気配——殺気がした。振り向く瞬間、横腹を凄まじい痛みと熱が通り過ぎた。

肉が抉り取られ、骨が砕ける。何も出来ず、顔から勢いよく飛び込む様に倒れた。血が流れ出る。自身の囚人服にじわりじわりと重く染み込んでいく。

そして、すぐ目の前にやって来た人物が。

その人物が持つ銃から放たれた弾が、トマトナの身体を貫通していった事を理解した。


「待ちくたびれたよ、脱獄犯」


飾り付けを終えてパーティを始める準備万端の子供のような声色で、ルスキャンディナ所長がそう言った。

彼女がここにいるという事は。脱獄計画が完全に漏れていたという事だ。激痛で思考が鈍る。

「安心するといい。駐車場周りの人払いは済んでいる、邪魔されたくないのでね」

既にひとしきり楽しんで御機嫌な様子を纏いながら、飄々とした声でそう言う。

「随分驚いたろうね。何故私がここに？　襤褸《ぼろ》雑巾のペルシコンがここに？　その答えはほら、君の傍にいるだろう」

手持ちの銃で指し示した人物。

震える全身を何とか操縦し、頭部だけ振り向く。

「ロップ、お前……」

そこに立ち尽くすのは、死にかけの虫のような自身を見下ろす、酷く冷たい目をし、顔を顰めた兎耳の女だった。

そう。彼女が、ルスキャンディナに脱獄の日にちを。

この駐車場にトマトナと共にやって来ることを、密告したのだった。

「失礼したね。仲間だった者に裏切られ、さぞかし気分を害したことだろう。だがこれもひとつ脱獄という愚かな考えに対する報いであり、罪の清算だといえる」

ルスキャンディナはこの殺伐とした場に全くそぐわない程に穏やかで聖母のように微笑んでそう言った。

「ペルシコン……！　おい返事しろ、おい！」

トマトナが力を振り絞って掠《かす》れた声で叫ぶが、当然返事は無い。

「両手が終わって足の爪に移ろうとした途端気絶したよ。全く、囚人に鞭打つのは好きな癖に打たれ弱いやつだな」

そう笑って倒れ込むトマトナへと近付き、その銃弾の傷を硬いブーツで思い切り踏み躙《にじ》る。今まで聞いた事も無い程大きく、獣のような咆哮が駐車場全体に響き渡る。

耐え難い痛みに耐えるため唇を噛み締め、噛み切り、血の涎《よだれ》と汗がだらだらと溢れ出る。一気に身体中に脂汗が滲む。

「はは、良い声だ。耳が心地好いよ。どれだけ叫んでも大丈夫さ、ここは諸々の扉を締め切れば外に音一つ漏れやしない。元々捕虜を車で運び込んで迅速に拷問を行う為の設備で、非常に防音に優れているからね」

ルスキャンディナは心底愉快だと言った様子で、横腹を踏みながら体重を掛けたり、靴底を小刻みに広げるよう動かしたりして、負荷を与え続ける。トマトナの顔が苦痛と絶望で醜く歪む。『痛み』『死』の二語が彼女の脳と身体中を支配した。

「……やめて。そこまでするなんて、言ってない!」

すると抑えきれなくなったように、ロップイヤーが力の限り震えた声で、叫ぶ。

ぴたりと動きを止めたルスキャンディナは、穏やかな笑顔を貼り付けたままその場所から離れて、ロップイヤーの眼前へとやって来る。

「良い子だったな、ロップイヤー」

ぞっとする程柔らかな声でそう言って、頭を撫でた。反射的にビクッと身体を震わせる。トマトナ以外に撫でられたのが久々だったが、それとは比べ物にならない程に嫌悪と吐き気を催す冷たく重い心地だった。

「素晴らしい働きだった。君が昨日投書してくれた推測通り、ペルシコン主任刑務官はトマトナと通じていた。私の周りを嗅ぎ回っている不届き者をずっと調べていたが、ようやく確信を得られたよ。もう少し賢い人間だと思っていたのに、愚かな奴だ」

そう言って、制服のポケットから、小さな金属製の万力のようなものを取り出した。

「ああそうそう、トマトナの信頼を得る方法も素晴らしかったな。図書室での懲罰房行きのアシストも上手くいって一安心だった。どんな関係にせよ、部下の成長は素直に嬉しい」

恐怖で固まって動けないロップイヤーの指を手に取り、それを挟み込む。

「だが反面」と呟く。

その声は、氷のように冷たくなっていた。

万力に付いているハンドルを、勢い良く回し始めた。

べきべきべき、と。鈍い音を上げて。指の肉と骨の繊維が無数に潰されていく。内部にある幾つもの金属の凹凸が食い込んで、熱く赤い液体が溢れ出てくる。駄々をこねる子供のように身体を跳ねさせ、悲痛な泣き叫ぶ声が、開けた空間に響く。

「いつから偉そうに私に向けて喧《やかま》しく鳴くようになったんだ? 畜生風情が。穢《きたな》らしい裏切り者のお前が干渉して、私の〝粛清〟を台無しにする権利があると思うのか？」

ルスキャンディナは、先程の聖母のような顔がすべて嘘だったかのように冷えた無表情で。

瞳の奥を暗闇にして、息を吐き捨てた。

何度も謝罪の言葉を繰り返し震えながら小さく叫んで。ようやく、その手から小型万力の機械が離れたと思った時には、もう先程の戦意を、反抗心をすべて喪失していた。

ルスキャンディナは冷めた目付きのまま、その場から去る。息を荒くしたロップイヤーは膝を突き、滅茶苦茶になった左手を抱えて激しく呼吸した。

ロップイヤーは、思い出していた。

ルスキャンディナから罰を受けた日々の事を。

この場所の記憶を。

そして、交わした契約と、与えられた任務を。


「さて。ロップイヤー、そこに座りたまえ」

目の前に、気味の悪い程に穏やかな笑みを浮かべた眼帯の女がいる。

背が高く、どうやっても身長が１４０㎝台しかないロップイヤーを見下す形となるが、それは立場的にも間違っていなかった。呼吸が荒くなってくるのを感じた。

「そんなに緊張しなくていい。先の任務ではご苦労だったな。今日はまたお願いがあって、連れて来て貰ったんだ」

　この場所は明らかに駐車場で、広い空間の中にぽつんとわざわざ持って来たのであろう椅子がある。錆や汚れの跡がやけに生々しく感じられる、鉄製の椅子だ。そこに言われた通り、ぎしりと音を立てて腰掛ける。そうしなければ、いけない気がした。

「単刀直入に言う。君はこの刑務所内に囚人として潜入し、同室のトマトナという女の信頼を得て、諸々の情報を探って来てくれ」

　次いでトマトナが刑務所内でヒエラルキーが高い場所にいるという事、様々な囚人の仲間がおり、情報通である事。

　それに合わせて、以前自身がこの場所で拷問したリコという名前の女の姉であり、実行した人間に恨みを持っている可能性があるという事。様々な説明を受けた。

「最近どうも、私の周りを嗅ぎ回っている奴がいるようなんだ。面倒な事に、この間も情報を漏らした医師をひとり消したところだ。父から施設長を任された身として、その偉大な宿命を邪魔する輩は即刻見つけ出し然るべき罰を加えねばならない。他のエスにも新人刑務官として一定期間潜り込ませたのだが、相手は随分慎重な奴らしく、有力な情報をまるで得られていない」

　ルスキャンディナは残念そうな顔を浮かべつらつらと話しながら、さも当然かのような動作でロップイヤーの手と椅子を拘束具で固定した。

その瞬間の彼女のぎょっとした様子などお構い無しに、喋り続ける。

「そこで、いつもの通り君だ。私が軍にいた時から何度か潜入調査をして貰っているが、素晴らしい結果を残してくれている。君の情報収集能力には舌を巻くばかりだ。詳細は後程説明するが、とりあえず受けて貰えるね？」

そう問われながら拘束具ですべての手と足、首を椅子に固定されて。ロップイヤーは、ただただ震える事しか出来なかった。口を塞がれてもいないのに何一つ返事は出来ず、ルスキャンディナは失望したようにぼそりと呟いた。

「躾《しつけ》の効果が切れてきたかな」

そう言って、徐に足元に置いていた銀製のトレイに入れた様々な器具を、わざとらしく音を立てて物色している。

そこには、明らかに先程毟りとったであろう爪達が、瓶に詰められていた。

「無理もないか。1年も経てば人間は現実逃避から痛みや苦しさを忘れて逃れようとするからな。何とも合理的で弱く、脆《もろ》い生き物だよ」

少しでも金属が擦れる音が鳴る度に、ロップイヤーの全身の震えが、鳥肌が立って止まらなくなる。

「収監前の人間である君の事前情報を監房内に入れずに、この場所に連れて来る事自体、私はとてつもないリスクを負って莫大なコストを支払っている。それなのにお前はそれを無碍にするつもりか？　よく考えたまえ。神は罪人の行いと心の様を常に見ておられるぞ」

ルスキャンディナは唾がかかりそうな程に顔を近付けて、吐き捨てるようにして話し始める。

「穢らわしい『アラクラン』に与《くみ》したお前は、本来なら私の粛清で無惨に逝く運命だった。私はそうしたい感情を必死に抑え、その下らん命を無駄にせず有効活用してやっているんだぞ、お前がそんな心持ちでどうする？」

そう一方的に語る彼女の手には、小さなノコギリがあった。木材を切るような上等なものでは無い。何の為にあるのか解らない程に刃は錆びて、アサリ部分ですら幾つか刃こぼれしている。こうした劣悪な代物ほど甚大な苦痛と屈辱が芽生えるのだと。そう言わんばかりに目の前で見せびらかす。

「私の覚悟は永遠に強く、揺るがない。まだ若かりし純朴な私が奴らから受けた屈辱と陵辱の日々を、一時たりとも忘れた事は無いからね。何時までも何処までも奴らを追い詰めて、根絶やしにする。その為なら何だって利用する。奴らが孕んだ大罪を、現世の使いである神聖な私の〝粛清〟で削ぎ落としてやる事で、あの世での神による裁きも労力も安らぐ事だろう」

ルスキャンディナは、ロップイヤーの服を腹まで捲り、その得物を近付けていく。そして無傷だった部分の肌にその刃の切っ先が触れた瞬間、大層嬉しそうに言った。

「またひとつ、私とお揃いの傷が出来るな」

やります、と。

ロップイヤーは震える大声で叫んだ。

やらせて下さい、と。だが自分が何を言ったのか、あまり理解していなかった。いつの間にかそう発していた。

ルスキャンディナはにこりと再び最初に見せたような穏やかな笑みを浮かべて、

「君ならそう言ってくれると思っていたよ」

手のノコギリをロップイヤーの腹から離し、地面に置かれたトレイへと戻した。

「私への連絡方法だが、意見箱というのが図書室にある。匿名でいつもの通り暗号文を怪しまれない頻度で定期報告として入れたまえ。あとは……まあ、そうだな。何の切っ掛けもなく信頼を得るのは酷だろう。君は有能だがコミュニケーションが上手い類いではないからな。適当に、欲に目が眩んだ愚かな囚人にでもけしかけて、君達に嫌がらせを仕掛けてやろう。それを君の能力で解決するといい、少しは糸口を摑めるだろう」

息切れする喉の擦り切れたような痛みが、ぼんやりとした頭を徐々に覚醒させていく。そして、今までも何度も感じたことを再び思う。

何も考えず、この人に従うしか無い。

この人は自分の飼い主だから。

便利な道具として、もう死んだような心地で生きるしか無いのだ、と。

あった布を捲りあげる。

「さて、続きだ」

そう呟いて伸びをしたルスキャンディナは、後方にある大きめの彫刻の様な何かに、かけてあった布を捲りあげる。

そこにはずっと、ロップイヤーとの会話中はいないものとして扱われて金属椅子に拘束されていた人間がいた。猿轡《さるぐつわ》を嵌められ、恐怖で鼻息荒く小刻みに震えながら、行儀良く押し黙っている。充血した目に、明らかに異常な形色をした手の指、足の指。

服装を見るに、刑務官の様だった。ロップイヤーは、先程さらりとルスキャンディナが言っていた新人刑務官の振りをしたエス、つまりスパイだろうと推測した。

「丁度いい機会だ。定めを果たせなかった罪深き無能がどうなってしまうのかそこでじっくり見ているといい。わざと目を瞑っているのが解ったら、金属棒で通電するので刮目《かつもく》する様に」

自らの所業をすべて正当化する者が放つ無限の悪意による恐怖に、ロップイヤーは頷き、恐れ慄くしか選択肢が無かった。そして、目の前で確かな地獄が繰り広げられて。

身体だけでなく、ロップイヤーの心と脳に消えない傷として焼き付けられた。

記憶がフラッシュバックしたことで過呼吸を起こしその場で座り込んでしまったロップイヤーに対して、ルスキャンディナは嘲笑する様に鼻を鳴らした。

「不愉快極まりない。飼い兎に糞尿をかけられてしまった気分だ」

そして難問の答え合わせをする教師のように、傷口を押さえ倒れたトマトナの周りを歩き回りながら、言葉を紡ぐ。

「脱獄を企て私のこれまでの行為や改竄《かいざん》書類の事実をどうにかして外に持ち出す予定だったのだろうが……惜しかったな。やはり神は正しい事をする者の味方であり、お前たちはそうでは無かった。ただそれだけの話だ」

誰一人、返事も呼応も無い。トマトナは、溢れ出る出血と耐え難い痛みで、どんどん意識と気力が遠のいていている。

すべての希望を絶やすかのように、駐車場に唯一響く声がつらつらと語り続けてる。

「B駐車場から出発する予定だった刑務官達に、車庫管理リストの表記はそのままにA駐車場から出発するよう命じた。それに、早めに出発するよう伝えたから今頃はもう刑務所の外だろう。お前たちの頼みの綱は絶たれている」

そう言ってトレイからお気に入りの器具を物色する。

「……トマト、ナ……」

ロップイヤーは、か細い声で、目の前に倒れたまま起き上がれない者の名前を呼ぶ。冬眠寸前の生き物のように、今にも眠りにつきそうな程に衰弱しながらトマトナは応えた。

「よう……実は薄々気が付いてたんだ……もしかしたらお前が、ルスキャンディナの差し金かもなって事を」

信じ難い言葉に、ロップイヤーは潤ませた目を見開いた。

「……最初会ったばかりの時、嫌がらせの指令が載った本は……処分された貸出リストを復元するのにかなり苦労したが、直前にルスキャンディナが借りてたものだった。勿論、だからといって確固たる証拠になった訳じゃねえが……」

その後も、ロップイヤーの拷問の傷、懲罰房での身代わり、ペルシコンの追及時の、タイミングの良すぎるルスキャンディナのアシスト。

そう、どれも明確に証拠たるものでは無い。明らかな繋がりを示すものでは無い。だが、持ち前の勘が、告げていたという。

「……そんな、何で……それじゃあ何で、僕を、ここまで」

「さあ。何でだろうな……いや、違う解ってた。敵だとしても、どうしても放っておけなかったんだ。そうじゃなければ、とも考えてはいたが、もしそうでも、良いとさえも思ってた」

その言葉に愕然とするロップイヤーは、どうにかして唇を震わせ謝罪の意を伝えようとする。だが、言葉が出ない。その言葉を口にするには、自分には資格が無いとすら思えた。

「また馬鹿な事……いや、余計な事考えてるなロップ。お前は生き延びる為に、選択した。ただそれだけの話だろ」

トマトナは、安らかな笑みを浮かべて。

「お前みたいに、卑屈で根暗で、でも心が優しい奴が。勇気を持って他人を犠牲にして、生きる事を選んだんだ。本当に凄いよ。妹は……リコは、それが出来なかった。誰だって、怖いんだ。誰かを愛するのは、大事に想うのは覚悟がいる事なんだ」

アタシは、それを覚悟したから。どんな目にあおうと、構わない。

そう呟いて。トマトナは煙のように立ち上って消え入りそうな言葉を紡ぐ。

「お前は生きていけよ。どれだけ汚れようと、苦しもうと。最後には、必ず――」

そこから先の言葉は、声には出さず。

ただ口だけを動かして、疲れ果てた様子のトマトナは、静かに目を閉じた。ロップイヤーはその名前を呼んだが、もう返事は無い。

再び身体中を震わせて、地面へと目を落とした。

「ふざけるな……このままで済むと思うなよ」

ぼそり、と。息も絶え絶えに声が鳴った。

ペルシコンが、いつの間にか覚醒していた。

普段から整っていた髪は乱れ、大量の汗で顔にへばりついていた。

「貴様もだ、兎女……最初から、貴様は何かが気に食わんと思っていた……よくも裏切ったな。お姉さんの想いを、踏み躙ったな」

そう言って、奥で震えたまま地面を見詰める女を鷹のような目で突き刺す。だが、ルスキャンディナは「おいおい」といった様子で鼻を鳴らした。

「後出しで言うなんて狡《ずる》いんじゃないのか？　そもそも裏切り者というなら君もそうだろう」

「黙れ！　貴様だけは、絶対に許さない！」

その力強い憎悪の言葉に、何のことだか解らないと言った様子で肩を竦める。

「貴様は、私の、すべてを奪った……貴様の醜く膨れ上がった自尊心と、傲慢さを完膚無きまでに叩き壊して……一生屈辱に塗れた人生を送らせてやる……！」

「君から恨まれる覚えは微塵も無いのだが、もうそんな子供のように負け惜しみを吐くんじゃない。君の闘いも企みも既に終わったのだから」

ははは、と乾いた笑いで一蹴するルスキャンディナを凄まじく鋭い眼で睨み付け、唇を嚙み締めた。

「ルスキャンディナ、私の指輪を、返せ……最期まで、それだけは、離したくない……」

手指の拷問の際に邪魔だから外した指輪が、器具のトレイの中に交じっていた。それを拾い上げる。

「ああ、この何の変哲もない指輪か。何処かで見たことがあったかかな？」

「それは……リコと揃いで身に着けていたものだ。私が、愛した、リコとの……お前が拷問で殺した、リコとの大事な思い出だ……！」

そう言われると、ルスキャンディナはふむと考えるような仕草をした後に納得した様な表情を浮かべる。

「そうかそうか。つまりこの指輪が、お前を愚かな裏切り者へと駆り立てた権輿《けんよ》という訳か」

そう言って。指輪をつまみ上げ、頭上へと持っていく。

そして、口を開き。そこへぽとりと落として、そのままごくんと、飲み込んだ。

辺りを沈黙が漂った。

ペルシコンは、ただただ口と目を見開いていた。

ルスキャンディナは、にこりと、さも善行を為したかの様に晴れ晴れとした顔で笑って。

「これでお前の罪は私の中に入り一体となった。私の神聖な体内に入る事で魂の穢れも洗浄されていくだろう。喜ぶといい」

瞬間、ペルシコンを拘束する椅子が激しく揺れた。

理由は勿論、取り乱し、我を忘れる程に、暴れ始めたからだ。

息絶えるまで永遠に続くであろうという程の力と気迫で、声にならない叫びを上げている。

聞き取れる言葉はただ一つ。「殺してやる」という、実に直接的で暴力的な言葉だった。

「ペルシコン主任刑務官、失望したぞ。勿論リコという名前は覚えている、性別は女だった筈だが？　成程、トマトナとの繋がりが見えてこない訳だ。私も優秀で囚人達の規範であるべき立場のお前の事を、そんな訳が無いと色眼鏡で見ていたんだ。それなのに馬鹿馬鹿しいにも程がある、裏切りと欲に塗れた、何と気味の悪い存在なんだお前は」

未だかつて無いほど嫌悪感を露わにした顔を浮かべ、獣のように叫び続けるペルシコンを見下し、心底呆れたように溜息をつく。

「そんなお前が無意味に神聖で上位の存在の私に意見し、抵抗するな。楽になれ。ん？　そろそろ吐いたらどうだ。持ち出そうとした証拠情報や書類を、一体何処に隠したんだ？　早く教えないか」

そう問うも。目の前の元部下は完全に壊れたように取り乱し、嗚咽混じりでずっと呪言《じゅごん》を唱えている。

再び重い溜息をつき、哀れみの目を向け。

「もう大丈夫だ、今楽にしてやる」

ルスキャンディナは銃を構えた。

拷問という名の粛清により証拠書類の隠し場所を吐かせるよりも、死による救済を選んだ。それは、彼女なりの同情と、そして自分を裏切り貶めようとした者に対する強い排除欲の表れだった。

「冥土の土産に教えてやる。お前とリコという名の人間が抱いた愛とやらは、互いを傷付けただけだ」

その言葉に強く反応したのは、誰でもなくロップイヤーだった。震えたまま、耳を傾けた。

「関係を秘密にしていたのも、周りに否定され、周りを否定し、気持ちを騙し、欺き、傷付くことが解っていたからだろう。何とも馬鹿らしく非生産的な悩みだ」

ロップイヤーが、顔を上げる。幸せに結ばれるべきだったペルシコン達の想いを踏み躙り。そして、これまでの自身が魘されるまで見た過去をすべて無駄だった気にさせるような発言をした声の主を、睨んだ。

「ああ、実にくだらない。理解不能だ。お前達は、決して祝福される事の無い異分子なのだよ」

これでお別れだ、と。ルスキャンディナは大声で告げる。

「お前達の愛も、苦悩も。すべてが偽りだ。皆私の前から消えて無くなってしまえ」

瞬間。

「……ああああああああ！」

絶叫が聞こえて。

ロップイヤーが走り出した。

何が起こったのか、理解と反応が遅れたが持ち前の勘と感覚で、嫌な予感を察知しルスキャンディナは全速力でそれを追った。

向かう場所は、ひとつだけ用意されていた脱走用の貨物車だった。

複数の銃声が響く。殆どが外れて駐車場内を跳弾したが、1発は彼女の腕を掠め、もう1発は左足の腿を貫通した。

それでも引き摺って歩むことを止めず、車に辿り着いたところで追いついたルスキャンディナに羽交い締めにされた。

そして、襟元を乱暴に摑み車の側面に勢い良く叩き付けた。

「理由を聞こうか」

それだけ言って、目の前の小さな頭に銃を構えるも、ルスキャンディナは解っていた。これは虚仮《こけ》威《おど》しだ。先程撃った弾で最後だった。

「……愛は、祝福される為だけのものじゃない」

荒い呼吸と共に絞り出されたその言葉に。ルスキャンディナは本当に何も解らず、は？といった表情を浮かべる。

「……偽り、なんかじゃない。お前の思想は間違ってる。祝福されるだけが、愛じゃない。認められなくても、否定されたり、否定して苦しんでも。それでも、身体も心も、生き続けていくのが。死なないのが。簡単に折り合いを付けて死を選べないのが美しいんだ。そして、それを傷付きながらでも支えて肯定し合える存在が、そこで生まれる感情が、人には皆必要なんだ」

ほぼ殴打《おうだ》するような強さで、銃口をこめかみに勢い良く食い込ませる。

「とうとう脳に蛆《うじ》が湧いたか？　そんな事は聞いてない。何故、お前がこの車に向かって走り出したのかを尋ねたんだ」

殺意と怒りを煮え滾らせながら、言う。

全身を震えさせながら、ロップイヤーも応える。

「……逃げる。僕は逃げる、お前から。だがそれは生きる為だ。ここから抜け出す。そして証拠を世に知らしめて、必ずお前を破滅させる。他でもなく自分の為に、生きていく為に……！」

「成程。つまり、お前は私を裏切ったという事だな？」

そう言って、返事も待たずに即座に銃のグリップエンドで、ロップイヤーの側頭部を強打した。そして倒れ込んだロップイヤーの腹を何度も、何度も、何度も蹴り込む。全身が痙攣《けいれん》し、口からは涎と血、吐瀉物《としゃぶつ》が混じったものが流れ動かなくなったところで、ルスキャンディナは、貨物車の荷台の扉へと回る。

「お前の先程の口振りからすると、この中にその証拠書類を積んでいる様だな」

荒れた呼吸のまま扉の取っ手に手をかけ、唾を吐き捨てるような言葉を倒れたロップイヤーに掛け、心底見下す。

「お前には躾より、粛清の方が良かったらしい。どうせもう会うことも無くなるが、お前の事は気に入っていたからな。最期は私の身体と同じ場所にすべての傷を付けて、この目もくりぬいてお揃いにしてやる」

そう勝ち誇ったように告げて、扉を開いたルスキャンディナを、見上げるようにロップイヤーが咳をしながら顔を上げる。

「……だ」

「何？　何か言ったか、糞兎が」

「……時間だ」

その言葉に。何の事かと、尋ねようとした刹那。

ロップイヤーは懸命に車から離れる為、火事場の力を振り絞り、よろめきながら駆け出した。

そして、ルスキャンディナの目の端に、映った景色。


荷台扉の中から、爆炎と爆風が飛び出した。

轟音《ごうおん》と凄まじい熱が、その場の空間を削り取った。

暫く経って。当然車の荷台は大破し、炎上している。

その燃え盛る光が、近くにいた二人の人物を照らしていた。

一人は、逃げ遅れた為爆風を受け吹き飛んだが、命に別状は無く、立ち上がり歩き出した。

もう一人は、上半身、主に顔に大火傷を負い。様々な身体の部分が吹き飛んで、黒色と血の赤に塗れていた。喉が焼き切れたのか、こひゅう、こひゅうと苦しそうな息を上げた。

「たす、け」

少ない力で腕を上げ、自身の元に来て見下ろしているロップイヤーに、乞う様にそう呟いた。

「……犬だった」

突拍子も無くそう言ったロップイヤーを、もう筋肉が焼き切れているのに不思議そうな顔でルスキャンディナだったものは、見る。

「……ニンベル放浪記、第3幕。お前が発禁処分にした巻の一場面。村の娘が部屋に掛けていた、タペストリーに描かれた動物。それは『犬』だった」

何の話か微塵も解らないと言った様子も気にせず、言葉を紡いだ。

「……そこに描かれた犬は、その部屋にいる間だけでも人の愛を、ずっと見守っていた。二人も、その犬を自分達の秘密の関係を知る、唯一の家族のように、お守りの様に扱い、大事にした。最後の別れの時も、娘はニンベルにそのタペストリーを渡したんだ」

そう言って、癖となった溜息をつく。

だが、それは負の感情から出るものではなく。

確かな覚悟を孕んだものだった。

「……僕は、犬になる。トマトナの犬に。彼女を指針にして、付き従って、寄り添って、助け合って、互いに見合って、過ごしていく。それが、お前の飼育から脱した、これからの僕の命の使い方だ」

そう言い渡して。凄まじい苦痛で喘鳴する元上司を置き捨て、ずきずきと強く痛む腹を抱えながら、ロップイヤーは椅子に縛られたままのペルシコンの元へと向かった。

一部始終を見ていた彼女は、すっかり落ち着きを取り戻していたが啞然とした顔をしていた。

「貴様、いつから……」

「……残念だけど、裏切ってたのは事実で。本当についさっき、そしてこの策を思いついたんだ。仕掛けていた時限爆弾、本来の目的とは違うけど利用出来ないかなって」

椅子に取り付けられた拘束具を外していく。身につけた者は決して外せないが、外からは簡単に取り外せるようになっている。

「……腕時計で時間は把握出来たから、時間を稼ぎ計りながら、一か八か、奴自ら証拠を探し始めるようあそこまで誘導した。爆弾の話は今日トマトナから聞かされた事だから、ルスキャンディナには伝えられていなかった。勿論証拠書類はブラフだし、奴が冷静沈着で事前に車を調べられていたらおしまいだったから、かなりの賭けだったけれど」

爆弾は、トマトナが行っていた3号棟のマフィア女との取引の見返りで押収した〝爆薬〟を元に、ペルシコンが作り上げたものだ。それを20時50分に起動するよう時限式にしたのは、仮にトマトナ達にアクシデントがあり駐車場に着くのが遅れた場合、ルートをA駐車場へと変更する為の陽動としての保険だった。コードを切断すれば解除できる簡単なものだったので、早めに荷台に侵入出来たなら、そのまま解除して何事もなく脱出すればいい。

間に合わず爆発したのであれば、その音を元に刑務官達が駆けつけてきて集中する隙に、少し遠回りではあるが別ルートでA駐車場へと向かい、同じように車の荷台へ乗り込む。

そして、破壊されたB駐車場の車に乗れなかった刑務官達はA駐車場の車を使うしか無い。後は同じように自動で脱獄するだけという、証拠隠滅から陽動も考慮した上での計画だった。没となった最初の脱獄計画でも、陽動の為に爆弾は使用する予定であった。

「……証拠書類は、本当にあの中にあった訳じゃないよね。別の場所に、きちんとあるんだよね？」

燃え盛る車へと目を向ける。あれだけ派手に火が上がっているのに、火災報知器のようなものが反応する事もなく、スプリンクラーが作動したりする事もなかった。ルスキャンディナが火気を使用する拷問の邪魔にならぬよう、事前に切っていたのだろうか、とロップイヤーは推測した。

「ああ、当然所内の安全な場所に隠してある。元々膨大な量だ、持ち出す気はない。脱獄が発覚し警察が内部に入ってきた時に、円滑に渡す計画だった。不幸中の幸いだが自分が拷問された事で、奴の犯行場所も様々な凶器の実物も突き止められた。もはや言い逃れは出来まい」

拘束具を外し終え、ペルシコンはすぐさま立ち上がった。少しだけ立ちくらみがしたが、そうも言ってられない。この場が防音に優れていると言っても、もしかしたら先程の爆発が予想外の大きさだった為、外に漏れた可能性がある。

本来ならミセス・マドレーの部屋を掃除している筈の囚人達が、何故この場にいるのかと追及されると弱い。ペルシコンがそう思考していた最中。

「おい。何二人で楽しそうな話してんだ……？　アタシも、まぜろよ」

か細く掠れた声が、横から聞こえた。その声の発生源に勢い良く振り向いたロップイヤーとペルシコンは、驚愕を顔に浮かべ、そして喜びの声を上げた。

「……トマトナ！」

何故、と思うや否や、トマトナの手に握られた小さな注射器が目に入った。

鎮痛剤、モルヒネだ。彼女は何かあった時の為に一応持ち込んでいたそれで苦痛に耐え、生きる猶予を得たのだ。

「ああ。昔から、寝たフリ死んだフリは得意なんだ。それでよく、リコの奴にも、本気で怒られたもんだ……」

そう喋った途端、激しく咳き込む。和らいだとはいえ傷は癒えておらず激痛に変わりはなく、とめどない脂汗を流し、顔を歪めている。

「注射打ってちょっとは楽になったんだがな……痛みは完全に消えちゃくれねえか」

「……そんなこと言ってる場合じゃない、早く医者に見せないと……！」

ロップイヤーはそう叫び、何か手は無いのかと言わんばかりに狼狽《うろた》えている。車は、一台しか停められていなかった。

それが壊れたとなっては、もう脱出はほぼ絶望的だ。

ペルシコンが、ぼそりと呟く。

「これしかないか……かなりの賭けだが」

シャッターが閉まった場所へと向かい、勢い良く開くと。

そこには、幾つか布が掛けられたバイクが停められていた。勢い良くすべての布を外していくと。

鍵が差さったままなのは一台だけだったが、ペルシコン達にとってはこれがまるで方舟の様に、救世主かの様に見えた。

エンジンを蒸《ふか》し、ペルシコンが跨《また》がる。

ロップイヤーがトマトナに肩を貸し、ペルシコンの背中に抱きつくような形で乗せる。

そして、トマトナを外した布でぐるぐると包《くる》み、顔と囚人服が可能な限り見えないようにする。

「駐車場にて所長による拷問や傷害行為、その一環で車のガソリン引火による爆発事故が起き、刑務官が一人重体。急いで街の医者に容態を見せる為に私がバイクで乗せていくという名目でB出口から脱出……という筋書きだ。私の権威と只事では無い様子を見せ付けながら門番達を説き伏せれば、細かい手続きなしに外に通せるだろう。いや、通してみせる」

「その後は、トマトナは無事に……そしてあなたは、ここに戻れるの？」

ペルシコンに尋ねる。だが、首を振る。

「解らない。記録を残さない為に正式な病院に連れて行く訳では無い上に、ルスキャンディナの負傷や拷問の件はここまでの事態になると有耶無耶には出来ない。私も被害者ではあるが理由の追及をされると、かなり厄介な問答になるだろうな。……問題と不安は山積みだが、必ずやり通してみせる」

ありがとう、と。何故か自然と。そんな言葉がロップイヤーの口から出た。

ペルシコンは頷き、告げた。

「私には、まだこの刑務所でやる事がある。二度と、リコの様な人間を出さない為にも。すべての闇を暴いてみせる」

ペルシコンの事を、今までずっと氷のような目だと思っていた。

だが現在。その目には、確かに、熱い覚悟の炎が点っていた。

「待て。ロップ、お前はどうする？　はやくバイクに乗って――」

後方のトマトナがそう言うと、ロップイヤーは小さく首を振った。

「……いや、僕は乗れないよ。明らかに乗るところもないし、別のバイクも使えない。出口の見張りへの言い訳も出来ない」

その言葉に。トマトナは苦痛で歪んだ表情を更に醜くさせ「何言ってんだ」と静かな怒りを露にした。

「……それなら、せめて少しでもトマトナの脱獄ルートを攪乱《かくらん》する為、取り外した通気口も戻して、ついでに時間稼ぎもする。それであなた達を酷い目に遭わせた事の贖罪《しょくざい》も果たしたい」

「くだらない事言うんじゃねえ！」

怒気と共に、絞り出せる限界の声をトマトナが上げた。

「だから！　それは、つまりお前が、ここに残るって事だろ？　せっかく恐怖や支配から逃れられたのに。生きるって決めたのに、諦めるっていうのか！」

「……諦めないよ」

真っ直ぐ。思わず押し黙った、トマトナの目を見て。

しっかりとした芯のある声色で、そう言った。

「……決して、諦めない。トマトナ、僕は絶対に、ここから出ても、あなたの傍で、付き従って生きていきたい。それが最も心地好いって、気付いたんだ」

ロップイヤーは、トマトナの顔に手を添えた。

初めて、自らで他人に触れた。

いつか必ず会いに行くと。そう言って。

そして、今まで見せたことの無い笑みを浮かべて。

「……僕を肯定してくれて。本当にありがとう」

その瞬間、バイクは走り出す。

トマトナは、名前を暫く叫んだが。

ロップイヤーは振り返らなかった。

そして、自身らがこの駐車場へとやって来た入口の通気口へと戻って行く為に、急いで準備を始めた。

エピローグ

数分後。準備を終えて、〝犬耳〟となった女は孤独に狭い通路を歩いていた。入って来た通気口を可能な限りバレないように塞ぎ、撃たれた足の痛みに耐え、引き摺りながら。

衣服を破り縛る事で止血はしている為、血痕を辿られる事は無いが、もし追われた場合は走れないからすぐに追いつかれてしまうだろう。

不安を胸に歩みを進めていたところ、巨大なブザー音が、刑務所内に鳴り響いた。

明らかに、異常を知らせる警報だ。施設の裏側にいても解る程に、所内が一気に騒がしさを増す。

ミセス・マドレーの部屋の抜け穴がバレたのか。B駐車場での惨状が見つかったのか。それとも、トマトナ達の脱出が失敗したのか。一体どれが、と様々な考えが頭を過り歯噛みした。

ひとまず、目の前のやるべき事に集中しなくてはと思考をかき消すように頭を振る。

ロップイヤーの目的は、2つ。

脱獄ルートの攪乱。これは、トマトナや自身の血を纏っていた衣服で拭き取ったりして、自分達が駐車場にやって来たという痕跡を可能な限り消し去り誤魔化す事で、果たした筈。

そしてもうひとつが、蒸気管を通っての脱獄である。

ようやくたどり着いたロップイヤーの眼前に、目的の巨大な熱を帯びた管があった。確かに、管は頑丈な外壁部分を通過している。

そして、トマトナが言った通り、確かに人一人がギリギリ入れそうな大きさにくりぬかれた穴に、元の鉄板を接着剤のようなもので付けて蓋してある。これが入口だと解る。

ロップイヤーの計画は、トマトナが独りでこなす予定だった、一度没になった脱獄ルートを再利用することだ。だが勿論この中は高温の蒸気が通っており、そこを潜り抜けて外壁の向こう側まで通り、同じように塞がれた出口の穴をこじ開ける必要がある。それも、開けるのにどれ程の時間がかかるか見当も付かない。即ち灼熱かつ真っ暗闇の蒸気管の中、常に火傷のようなダメージを負いながら出口を探り出さなくてはならないという事だ。

　バイクに掛けていたカバーの布は、質が高い訳では無いが耐熱性がある。それを身に纏い少しでも火傷を減らしながら、蒸気管の中を通り抜けるという作戦だった。火傷については勿論、出口の穴の場所が簡単に解るかどうかも気掛かりだった。

　全身装備を身にまとい、ルスキャンディナから奪った銃のグリップエンドで、閉じた鉄板を叩き付ける。何度も叩き付けた事で、凹み、ようやく蓋が外れる。蒸気が勢い良くその穴から怪物の吐息の様に飛び出すが、意を決して、一気に管の中へと入り込む。

　ぶわっ、と。肌を切るほど鋭利に思える気体が全身を纏い、途端想像以上の痛みが押し寄せて来る。管の中を所狭しと犇《ひし》めき高熱となった蒸気は、隙間から潜り込み身体を熱し、じわりと肌を焼いていく。

　まるで、匍匐前進《ほふくぜんしん》で進んでいくが、数秒後にはもう最早、自身の身体ごと炎になってしまったかのように熱く茹だっていた。

　ここから塞がれた出口を探さなくてはならない。呼吸を可能な限り控えるも、我慢出来ず息を吸った瞬間、喉や鼻の粘膜を焼く。

　何をしても、熱さは消えない。逃れられない。まるで、地獄の業火で焼かれているような心地さえしてくる。自身が意志もなく生きたせいで、これまで貶めて不幸になった人々から責め立てられているかのような。凄まじく長い拷問の様な時間に感じられた。

大破した車の硝子やゴム部品で作った簡易的なゴーグルも、当然の如く殆ど意味を成していない。辛うじて視界を確保出来ても、目を槍で突き刺されている様な感覚が走る。

出口の場所が、解らない。今自分は進みすぎているのか。それともまだ進めていないのか。何も、解らない。だが解ることは早く見つけてここから出ないと、待つのは死のみだという事。

必死に、電灯で照らしながら熱された鉄の管に触れ探るが、接着剤らしきものは見当たらない。意識が遠のいて来た。視界が激しく揺れて、目も掠れてきた。身体の自由が利かない。痛みから、苦しみから逃れたくて。ここが自分の墓になるのだなと。心が、悟ってしまった。諦めてしまった。

すると一瞬だけ脳が幻のような、夢のようなものを見せた。

それは、いつも夜に見て魘される、幼い自分と少女の夢。

最期までこの悪夢に苛まれて、朽ちるのか。

甘い夢や幻想等は、見させてくれないのかと、深く絶望した。

自分の人生とは、一体なんだったのだろうかと思う。

抗えない大きな流れに巻き込まれ、左右され、ここまで漂ってきて。

ようやくその因果から抜け出せると思ったのに。罪は無くならなくとも、自らの意思で、誰かと居たいと思えたのに。

それが自分にとっての生きる意味だと思えたのに。

目を閉じて、痛みと熱に身を任せ、すべての力を抜いた——その時。

微かな音が聞こえた。その後に、声も聞こえた。

気の所為だと思う程に、小さく、管の中で響く声。

もう尽きた筈の身体が自動的に動き出した。

悟って諦めた筈の心も、何かを求めている。

声の元へと、突き進む。焼ける肌も気に留めず。

そして、一筋の光を見た。

そこは、大きな穴が開いていた。管の出口だ。

掠れた声が聞こえる。自分の名前を、呼ぶ声だ。

「ロップ……！　ロップ、いるか……！」

トマトナが、手を差し出していた。震える手を伸ばす。

「ロップ！」

姿を見たトマトナが、蒸気による火傷も厭《いと》わず管へと身体を突っ込み、その手を迷わず摑む。

そして、一気に引き上げる。

冷たい空気が、身体の表面をベールのように包み込む。ぐったりとし咳き込むロップイヤーを背負い、トマトナは歓喜の声を抑えながら、静かに笑った。

「お前の言葉を信じて、もしかしてと思って来てみたら……本当に、無茶するなお前は。自分を大事にしないやつは早死にするぜ」

「……何、で……傷は……？」

息も絶え絶えに問う。

「痛いに決まってんだろ。外に出てすぐ止血やら応急処置はしたが、充分じゃねえ。辛くて今にもぶっ倒れそうだぜ」

滝のように汗をかきながら、荒い呼吸と共に喋る。外壁に沿った通路を気持ち速めに歩いていく。

「あの後、ペルシコンの奴が必死に門番共を威圧し命令して、何とか無理矢理抜け出してな。だが可能性が少しでもあるなら見捨てられねえと、危険を冒してるのは百も承知だが身勝手でここまで連れてきて貰った。まああいつには当然の如く必死に止められたがな、今はここを抜け出した後の足を探して貰ってる」

返事はせずに小さく長めの溜息を吐くことで、安堵感を伝えた。

「それと、不思議な事もあったもんでな……さっきまでブザーが鳴ってただろ。アタシ達の事がバレたのかと思いきや、どうやら違うらしい。何でも、他にアタシ達と同タイミングで脱獄した馬鹿がいたんだと……おっと、そろそろ静かにしないとな」

丁度、上側の排気口から光が射し込んでおり、外壁に沿って見張りをしていた刑務官達の話し声が聞こえた。

普通の人間ならばその者達が何を話しているのか理解出来る音量でも距離でもなかったが、ロップイヤーは勿論違った。耳を澄ませて、その概ねの内容を聞き取ったところ。

——何処で、何故さっきブザーがなった？

A駐車場だ。そして脱獄らしい。

この間、2号棟に入って来た絶世の美女の囚人が脱獄したらしい。

一人の女性刑務官とグルになってお互いの服を交換した。

刑務官は、囚人の格好をして囮《おとり》になり、わざと注意を引き付けるかのように所内から所外へ逃走した。

囚人は刑務官の格好をして、堂々とA駐車場に入り車の荷台に忍び込んで、A門から逃げたようだ。

車を運転していた刑務官達も、気が付かなかったらしい。

——囚人は未だに見付かっていない為、捜索隊が出るらしい。

緊迫感ある状況にも拘らず、ロップイヤーは思わず呆れて小さく笑ってしまった。

トマトナは不思議そうにしていたが、問題ないとだけ告げた。

そんな、馬鹿げた話が。偶然が、都合の良い話があるものかと思った。

自分達と同じタイミングで、トマトナが立てた綿密な計画が馬鹿馬鹿しく思える程に、無茶苦茶でまるでフィクションのような手口で脱獄した者がいたのだから。その上、己らの作戦も利用されていたのだ。笑うしかない。これには、聡いルスキャンディナも。彼女が慕う神ですらも全く予測出来なかったであろう。

2号棟の絶世の美女とは、以前自身が懲罰房に入る数日前に、映写室でトマトナと交わした世間話、噂話に出てきた者だろうか。今の今まで忘れていた。それが刑務官と、余程深い関係性を結んだのだろうか。それとも、以前からあったのだろうか。どちらにせよ、並大抵の関係を超えた、凄まじい覚悟や愛の下に成立した行為だとロップイヤーは思った。

そして、そのお陰で、どうやら幾人かの警備や刑務官達もA駐車場や2号棟の方へと注意を割かれているらしい。自分達の脱獄は、何もバレていない。

奇跡的に爆発音は外に漏れておらず、ルスキャンディナ自身が人払いをした事で、B駐車場には誰も寄り付いていなかった。

自分やトマトナの話も、ペルシコンの話も、ルスキャンディナの話すらも。誰一人としてしているものはおらず、その逃げ出した女囚人と、囮になった女刑務官の話で持ち切りだった。

ロップイヤーは、ほんの少しだけ安堵した。

ならば一層この機を逃す訳にはいかないな、と思ったその時。

自らを犠牲に囚人を逃がした、刑務官の名前を聞いた。

その名前は、遥か昔。

自分がいつも悪夢に見る、あの少女と全く同じ名前だったが。

それが、偶然なのか。それとも――という思考を篩《ふる》い落すべく、軽く頭を揺らした。

どちらにせよ、後戻りは出来ない。現状確かめる術は無いし、これからの自分には関係の無い事だ。ロップイヤーは、何も振り返らずに、忘れる事にした。

ただ、何となく。決して過去の自身の行いが許された訳でも無いし、完全に悔恨が消える事も無いのだけれど。

非常に身勝手で、都合の良い発想ではあるけれど。

「……これが、〝生きる〞って事か」

そう呟いて。

何故だか随分と気が楽になって。

誰かに許して貰えたような、そんな心地がした。

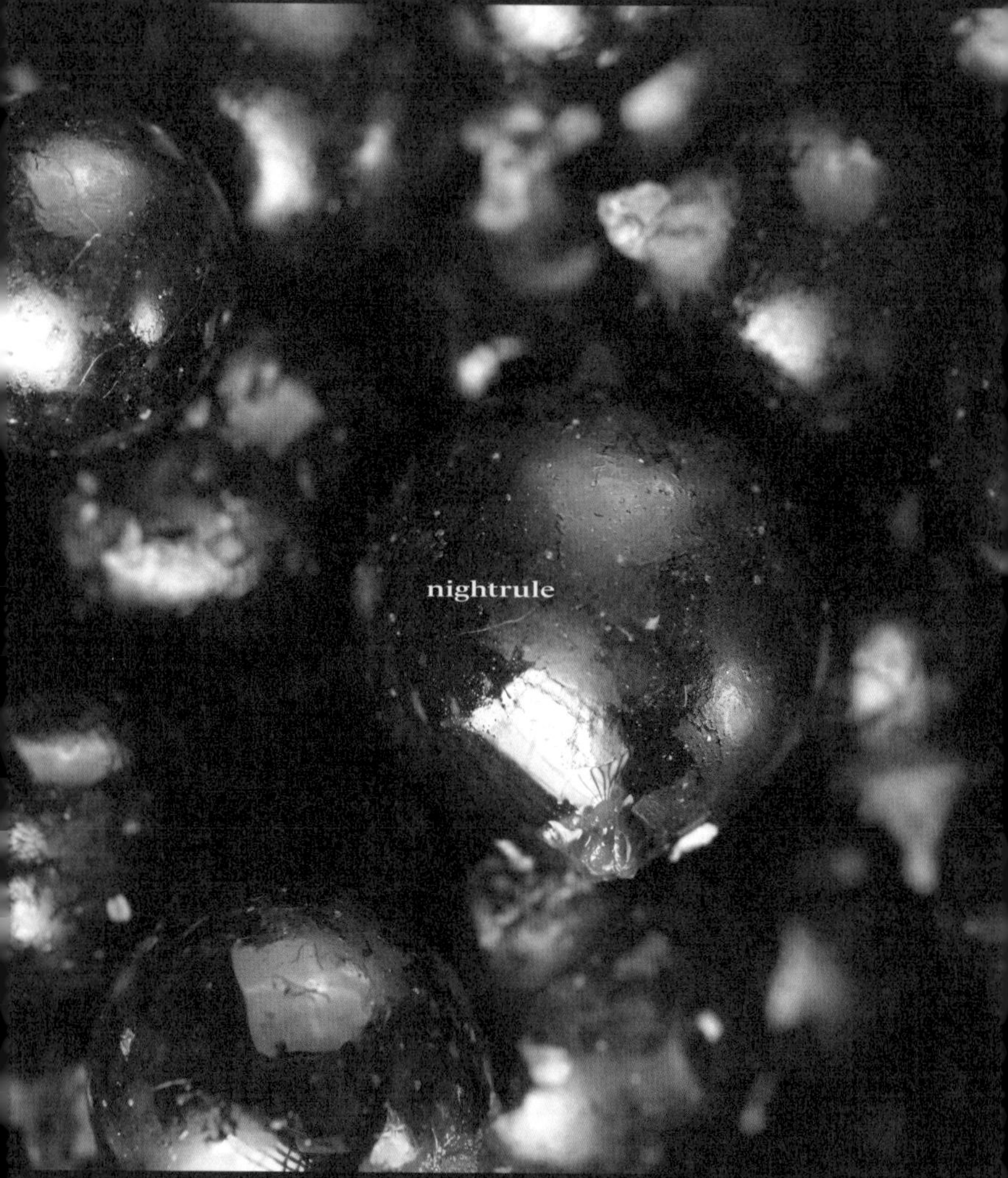
nightrule

ナイトルール
僕はずっと明けない夜に縛られてた

強い、弱いとは何だろう。

ふと考える時がある。

好き、嫌いとは何だろう。

これはよく考える。

生きる、死ぬとは何だろう。

考えるのをやめる。

どれもこの世界とは無縁のものだから。

でも、ここに来た人達は皆不思議なくらい一様に、考えている。

もうすっかり忘れてしまったけれど、自分もそんな事を思う日があったのかもしれない。皆が零した言葉や想いに触れる時、心の端で、静かに水が滴《したた》る様な感覚がある。

そんな時、自分に出来る事とは何だろう。

それはいつも考えている。

それしか、この世界ではする事を許して貰えない。

長く目を瞑《つむ》ると、果てしない暗闇に飲まれそうになる。
身体の節々が、中身が、温度を失って。
氷みたいに冷たくなっていく。
ひょっとすると、これは現実なのかもしれない。
目を瞑ると現実になる。それが解った時に抱いたものは、紛れもなく恐怖だった。
皆もきっとそうなんだ。なら、少しの間だけでも忘れさせてあげたい。
かなしい記憶を、つらい記憶を。
あの塔のように。あの虚勢の塔のように。
誰かを、薄くでも照らせる存在になれたら良い。

♣

夜に、僕は参っていた。

とある公園。広い敷地と大きなアスレチックが売りのこの場所は、大勢の家族連れや子供たちで賑わう、憩いの場——だった。自身の脳内で残り香のように漂っている、微《かす》かな記憶の中では、そうだった。

そんな平和そうで家族の温かみがあるような場所に本来進んで近付かない人間であることは自覚出来ていたが、今は別だった。

影に飲み込まれた巨大な遊具の塊を背に、僕は立ち尽くして。先刻通り過ぎた雨の足跡を見つめる。

足下の水溜まりに映るのは、力無く灯るのっぽな街灯と、その半分程の身長も無いちっぽけな自分自身だった。

一呼吸置いて、水面に映る顔におはよう、と挨拶をした。この行為は、どうしようもなく皮肉であった。

面《おもて》を上げると、〝星空〟という言葉など露知らずとでも言いたげな、薄暗く陰鬱さ蠢《うごめ》く夜空が広がっていた。

その闇に上手く溶けるようなグラデーションで、漂う分厚い雲。その下には、背たけを競い合うビル群。それに負けじと青く光り輝く、街のランドマークの電波塔。

こうしてよくよく観察してみると、ひと口に夜と言っても、たくさんの種類がある事が分かる。夜とは、見る日その時々で雰囲気やその表情を変えるものなのだ。

いやしかし、それは観る人の気分や心理状態に依存するかもしれない。観る人が陰鬱としている心のフィルターを通して観る夜は、それは即ち、陰鬱とした夜と見なされるものなのだ。とは言えど逆に、陰鬱とした様子の夜を観たからこそ、心が陰鬱とする訳では無いのか。そこには疑問が残る。

卵が先か鶏が先か。解決の糸口が摑めない問答の思考時間が、無為に無意味に流れていく。


世間は、もうじき冬に差し掛かるのであろう。少し冷たく乾いた空気が、髪を揺らした。ただ、身体が寒さで震えるような感覚はひとつも無い。

アジト代わりにしていた公園から抜けて街に向かって歩き始め、ふと思考する。夜の帳《とばり》が下りる、という言葉があるが、とても美しく見映え良い喩えだと思う。

出自や経緯はよく知らないが、蚊帳という歴史的なもの、かつ俳句等でも季語として扱われる代物を盛り込んでいるのがまた奥ゆかしくて良い。

機能的かつ合理的な人工物に囲まれた現代人達には、とても思い付かないような質素で情緒に溢れた表現だ。

と、散々こき下ろしたところで、自身もその大勢の一部であるということを忘れてはいけない。

所詮凡近である自分は、レトロ＝お洒落・流行＝俗物という短絡的かつ悪しき図式からは、逃れられないのだ。

こんな下らない思考で気を紛らわす事しか出来ない位には、精神的に参っていた。精神的に参るということに、馴れ始めていた。その馴れ始めている自分がいるという事実に、心底参っていた。

ここで、最初に戻る。

〝終わることの無いこの夜〟に対して、僕は参っていた。


この世界が、自分が今まで生きてきた世界では無いことは認知出来た。

正しくは、その答えに至るまでに幾度と無く、自分がおかしくなってしまったのではないかと、まず疑った。

理由として第一に、いつまで経っても睡眠欲が無いことが挙げられた。文字通り、皆無と言っていい。

元来、長期的な睡眠を取らずとも活動出来る人間であったような気もするが、気もするだけであり、正確には分からない。どちらであろうと、自分に睡眠が必要無いものであるということが感覚的に理解出来た。これこそ大きな問題だった。

次に、食欲。こちらも清々しい程に皆無であった。元々、食に拘《こだわ》る人間では無かったような気もするが、それも気がするだけであり、結局のところどちらか分からない。

分からないだらけの中、確かなことは、自分は本来睡眠も食欲も人並みにはある、文化的で最低限度の生活が可能な人間だったという事だ。

ここまでなら、まだ自分だけに起きた問題として片付けることは可能だが、これを優に超える異常事態が今も尚広がっているのだ。

それは、どれだけ時間が経っても、景色が永遠に『夜』のまま変わらないということだった。

これは何の喩えや心理的な状態を指すものではなく、まったくそのまま額面通り、『夜』から変わらないのである。

更に具体性を持たせて言うと、時計の針が24時より先に動く瞬間、18時を指し示すのだ。平たく言えば、ループしている。世界は6時間で、リセットされるのだ。

暗闇の世界から、瞬間ビル群を照らす斜陽が確認できる。その橙の光を見る度に、朝焼けの光ではないということに分かりやすく落胆する自分がいた。

これだけでも充分異常なことが起きているが、精神を蝕む事案は、これだけでは済まなかった。

人が、まったく居ない。存在しない。

自分以外の人間は、誰もいない。

閑散、なんて言葉が可愛く感じられる程に、気配のケの字もない。誇張なく、世界でたった一人の人間になってしまったんだと。そう思い込む他ない程に、誰も居なかった。

所謂《いわゆる》ゴーストタウン状態。

忽然《こつぜん》と人間だけが消えてしまったかの様だった。

ただし、人間が住んでいる、生活をしているという名残だけはすべてそのまま残っていた。

人の話し声が聴こえない、どの場所に行こうが賑わった様子は無い。この場所からは消えてしまった。

車や電車は動いている。ただ、座席に人は誰もいない。まるで自動操縦が実現した未来の世界を味わった感覚になったのは一瞬で、あとは気持ち悪さと不自然さだけが残った。空気を割く音で頭上を飛んでいく飛行機にも、乗客は誰一人いないのだろう。冬真っ盛りの今、イルミネーションや店の灯り、街灯が立つ街の様子は面白い程にそのままで、何とも不気味で、余りに寂れた殺風景だった。

やがて僕は、ひとつの仮説を打ち立てた。

恐らく、自分がおかしくなってしまった訳ではなく。

自分という存在を内包する、世界そのものがおかしくなってしまったのだろう。

正常ではない自分を正常と見なすには、そう思い込む他無かった。それ以外には、もう何も否定も、肯定すらもしたく無かった。

最初こそ動揺したが、徐々にこの異様な『夜の世界』に馴れ始めている自分が居た。適応力こそが、人類史上最も必要とされるスキルであることは自明の理である。

ただ、当然疑問は浮上する。一体全体どうしてこうなったのか、自分は何に巻き込まれているのか。戦争、疫病、はたまたＳＦで宇宙人による侵略。勿論答えは出ない上に、どれもこれも漫画の読み過ぎと一蹴されてしまいそうな文字列ばかりが浮かんだ。

自分の住処へと帰れば、一体何が起こっているのかが分かるかも知れないと思った。だが、それは砂糖菓子の如く甘ったるく脆い幻想だった。

記憶を頼りに、自身の家に向かう。小さなアパートの６畳１Ｋ、生活必需品以外は何も無い——下手すれば必需品すら無い程に——寂れた部屋。孤独と貧苦を愛する悲しき生き物の巣、という形容が似つかわしい。

この行動の愚かさたるや、正に当初の目論見とは逆効果であった。身辺整理でも行ったのかと言わんばかりに空虚な室内に特別手掛かりも無く、その上長く滞在すればするほど、自分が何者であったのか、何が目的で、何を夢にして生きていたのか。深海に潜るようにして、考え込んでしまう。娯楽も音も生活感も希望もなく、自分が住んでいたという事実以外は何もかもが霧散したこの場所に座り込み、ただ鬱々と、鬱々とする。

大袈裟でも何でもなく、益々自分が生きている意味が分からなくなった。やがて僕は、外に出た。

現アジトである巨大アスレチックの公園を見つけて以降、二度とこの部屋に戻ろうとは、思わなかった。

自分が生きている意味が、分からない。自分がこれまで、どうして生きていたのか分からない。アイデンティティの喪失なんて生温いものでは無い。綺麗さっぱり、自身の脳内からそれらが欠如しているのだから。

自分は学生か、はたまた社会人なのか。街中を歩く時に見かけたショーウィンドウに映る姿としては、凡そ社会人とは言い難い風貌ではあった。ただそれも、全てにおいて想像の域を出ない。

身体の異常に加えて、記憶喪失までこの身に降りかかっているのか。当然ながら、更なる絶望感に苛まれた。


この世界に迷い込んで、何日が過ぎたのだろうか。

いや、そもそも日にちという概念はあるのだろうか。

何周、したのだろうか。それは正に悠久の時間の様に思えた。

電波塔に表示された時計盤が、決まって18時から24時を周回し、永遠に夜を繰り返し、沈黙が肌を舐めるこの世界で、ただただ僕は徘徊を続けた。

疲れを知らないこの身体は、遠出をするのに余りに適していた。肉体的疲労の蓄積も無く、寒暖の閾値振れ幅も少なく、時間も裏を返せば無限にあるのであれば、無計画に当てもない旅をするのも、ひとつだと考えた。

しかしながら結果としてそれは愚策で、結局また元のスタート位置であるこの街に戻ってきてしまうことになる。感覚的でしかないが、元々の自分がアクティブな人間ではなかったということが、ひとつ分かった。目的が無い旅をする事の虚しさを一番に痛感しているのは、紛れもない事実だった。

また、知らない場所に足を踏み入れた途端、猛烈な吐き気が込み上げて来たのもひとつ自分自身の発見であった。

ただそれは、何一つ嬉しくない発見であり、自分が何処に行きたいのか、何処で生きるべきなのか、再び何も分からなくなってしまった。僕の身体は、心は、この狭い世界に閉じ込められてしまっているのだろうか。そんな人の気も知らないで、相も変わらず街の光は燦爛《さんらん》と輝いていた。

やがて僕は何の意味もなく、歩道のベンチに腰掛け、並び立つビル群を観察する。

一般的によく使われる社会の歯車という表現は、どうもごてごてで油っこいイメージで好きではなかった。代替として、社会の灯火というのはどうだろうか。幾分か繊細で、幻想的な印象を受けないだろうか。

何故そんなことを突然思考したのかというと、先程から注視していたビルは、確か著名で大きな商社で、時刻が22時となる今でも無数の窓が爛々《らんらん》と光っているのを見たからだ。

じっと観察してみると、別の窓の灯りがぱっと付いたり、ぱっと消えたりする。安っぽいライターのような印象を受けた。

その光に温もり等は存在せず、ただ冷たく鋭い『社会』の閃光が、彼らの身と心を焦がし殺していくのだ。あくまでもその彼ら……人間が実在すれば、の話であるが。

余りにも無価値で、無意味な思考を、くたびれて生温い溜息に乗せる。

人間が存在し生活を送っているという痕跡は見えるのに、その元々である人間が、自分には、視認できない。何も変わらないこの世界で、自分の精神だけは、明らかに摩耗し底減りしていっている。

ふと、アメリカにあるらしい有名な無響室の話を思い出した。

そこでは、音の99・99パーセントが壁に吸収され、『地球で最も静かな場所』と呼ばれているそうだ。

厳密にはこの世界に完全なる静寂は無いが、僕以外の人間が存在しない現状、広義の意味ではそう見なしても良いのではないだろうか。

何が言いたいかというと、外部刺激が極端に少ないと、人間は簡単に気が触れる。無響室に入れられた人間は、一時間も経たない内に精神に異常をきたし、視覚的・聴覚的な幻覚を見ることもあるという。体験者の話を聞いたことはないが、周りが余りに静かで、自分が生きている上で当然発する音――心音等が五月蠅《うるさ》く感じるらしい。

また、似たような話で、何もない白い部屋に入れられた人間が発狂するという噂話も、僕が言いたい事に非常に近しい喩えになる。

この夜の世界は、間違いなく僕という人間を追い詰めている。

無響室実験と全く違うことは、僕の発する音は、逆に何も聞こえなくなってきている。

僕は、僕自身と僕自身の生への関心をすっかり失っていたのだ。

そうだ。もう、終わりにしても良いのかもしれない。

自分は頑張った、耐え抜いたと胸を張り言う気も更々無いが、現況として自身が生を保つ意味や意義は、ひたすらに無いのではないかと。

この世界に、自身の身をもってして『変化』を、投じるべきなのではないかと。

幽霊の様に走っていく車、電車。そして高い建物。想像で俯瞰しようとするだけで、起伏の無かったはずの感情が妙な高揚感で溢れる。その理由は不明瞭だが、視線は自然かつ悠然とそれらにばかり注がれている。

人類が幾星霜《いくせいそう》もの時を経て積み上げた高水準の文化レベルの遺産が、この何の甲斐も無い生活を壊してくれることを望むのだ。

そう思い、立ち上がり振り返った瞬間、信じられない光景が双眸《そうぼう》に飛び込んできた。


そこに立っていたのは、少女だった。

恐らく人間の、少女。恐らくという言葉を頭に置いたのは、彼女が余りにも、何処で売っているのか皆目見当も付かないような、実に浮世離れしたカラーリングとデザインの衣服を纏《まと》っていたからだった。

喩えるに、まるで物語の主人公のような。はたまた未来人、或いは宇宙人のような。非現実的な容姿、風貌だった。

少女は、恐らく古い家電屋なのであろう――ウィンドウ越しに積み上げられたテレビ達を何の気なしに眺めているようであった。

僕は面食らいながらも、今後自身が取るべき行動を冷静に分析した。

これだけ長い時間掛けて練り歩いても会えなかった、人間。何故このタイミングに。跳ね上がる動悸《どうき》を抑え、目の前の光景が幻覚ではないことを注意深く確かめた。暫く経って、ようやく声を掛けようと決心した。

声の出し方を確かめるかのように、僕はあの、と力無く声を掛けた。

少女が、ゆっくりとこちらを向く。その水晶のような眼には、警戒の文字は映って無いように思えた。

自分が怪しい人間では無いことを最短ルートで説明するには、どうしたらいいかなど知りもしない。

次の言葉の喉詰まりに狼狽する自分に対し、少女は、優しげに笑いかけてくる。一瞬で、目を惹かれた。近くで見ると益々、人間離れした容姿だった。その様子は余りにも空想上の、精巧で繊細な人形のようで。それでいて、どこか蠱惑《こわく》的な雰囲気も纏っていた。

やがて、少女はにこりと笑い、僕の手を勢い良く握った。

僕は再びぎょっとして面食らっていたが、それも束の間で、理解が追いつく前に彼女は僕をその場から連れ出した。

暴走する彼女を静止する言葉を何度も、それも懸命に投げかけるも、どうにも様子がおかしい。

少女は、僕が言葉を発する度に振り返りはするものの、ただ笑いかけるだけだった。

理由を説明する気も、増してや会話をする気も更々無いと言った様子であった。

何処に向かっているかは全く不明瞭だが、彼女は楽しそうな顔で駆けていく。

夜の世界、鬱屈とした空模様の下で。

孤独と静寂が融けた闇の中で。

つい数時間前まで永遠に自死を決意していた僕を、何処かへと誘っていく。


手を引かれて着いた先は、とある古びた、小さなショッピングモールだった。もうその様子は正直、廃れている、と言った方がいいのかもしれなかった。

自身の記憶でも、〝元の世界〟で訪れたことがある気がしたが、詳しくは良くは分からない。ただ、元来の施設として健康的に機能している様には、とても思えない。

この街やその近隣の施設はほぼほぼ探索済だが、何故かここだけは感覚的に訪れる必要もない、何なら気味が悪くて避けようと思い、来ていなかった。シャッター等は閉められておらず勿論警備員等も居らず、こぢんまりとした空間が開放されていた。手を引かれるがままに、入っていく。

公園の敷地よりも半分ほど小さなイベントスペースのような広場に隣接したエスカレーターの傍では、申し訳程度かつ乱雑に、イルミネーションやストリングライトが項垂《うなだ》れていた。

そして少女はその広場に僕を連れ出し、ようやく握っていた手を離した。

にこり、と笑顔を見せる。

ここが私の隠れ家、お気に入りの場所なんだとでも言いたげな、少し得意げな様子に見えた。

少女は、少しここで待っていてと言うかのように目配せし掌《てのひら》を見せ、通路奥へと走っていってしまった。

暫くして、彼女が両手に何か物を抱えて持ってくる。

それは、先程も見かけたイルミネーションやストリングライトの束だった。束の大きさから見るに、そこまで長い訳ではなさそうだ。精々数人で縄跳びが出来る程の長さだろう。

彼女は、その紐状のライトを右手で持ちつつ、左手を小刻みに懸命に上下に振った。どうやら、座れと言われているらしい。僕はひとまず適当にその場に座る。

ひょっとすると、彼女は、僕に何か見世物でも披露するつもりなのだろうか。

いそいそとライトの塊を解いていく少女を脇目に、辺りを見渡した。

特別、何か目立つ物が用意されているわけでもない。スポットライトなどがある様にも、思えない。

そもそも、この時間帯に電気はすべて通っていないのではないだろうか。現に、エスカレーターの近くにあったイルミネーションの類いはすべて消灯されていた。しかも見るからに、少女が持つライトは電池式でなくコンセント式のものだった。どうとすると、何故彼女はこの無用の長物を持ってきたのだろうか。どう創意工夫を凝らして、使用するつもりだというのだろうか。

暫くして準備が完了したようで、少女は新体操のリボンのようにライトの端のプラグ部分を握り、僅かに体に纏わせつつじっと立っていた。

一体、何が始まるのか。

少女の思考が読めず、ただただその謎の行いを呆然と見送っている。何も考えられず、心が鈍っていたその瞬間。

彼女を纏うイルミネーションライトが、途端に輝き始めた。

何を見ているのか分からなかった。

正に目の前で信じられないことが、起きていた。

慎ましやかに、彩り鮮やかな沢山もの光を纏って。

それを振るわせて。

余りにも静かだった筈の鼓動が、突如鳴った。

静寂と暗闇の中で、全身を迸《ほとばし》るみたく脈打った。

彼女は、踊り始めた。


綺麗だった。

それは余りにも、綺麗だった。

それ以外の言葉では、表してはいけない程に。

綺麗だ、と。

自身の口からも、抑えきれずにそんな言葉が漏れた。

感情を抑えきれず、言葉が漏れた。

人の心は十人十色、千差万別だ。

それ故に、心が救われる方法も物事も、人によって全く異なっている。

誰かが嫌悪感を抱き、酷評した音楽も、違う誰かにとっては生きる希望そのものだったりする。

誰かには退屈で胸に響かない映画も、違う誰かにとっては短い人生で幾つ出会えるか分からない傑作だったりする。

敢えて端的に言うならば。

彼女の踊りは、間違いなく僕を救った。

技術の有る無しなどではなく。

表現力の高さ低さ、微かな記憶による無条件反射なども介在しない。

純粋に、純真に、無垢に、清白に、純潔に。

その光景に、胸を打たれた。

繊細で、非凡で、幻想的で、情緒に溢れたワンシーンに。

自分を永遠とも呼べそうな厭世《えんせい》に引きずり込んだ闇の中で、一縷《いちる》の光を纏う少女に。

僕は、どうしようもなく目を離せないでいた。


何故か、涙が零れた。

あれ、と不思議に思うも、次から次へと落涙して、止まらなかった。繰り返し拭《ぬぐ》うも景色が滲《にじ》み、ぼやけ、その現象は留まるところを知らなかった。

ぼろぼろと、笑えてくる程に、漫画みたいに、水滴が溢れ出してくる。

渦巻くのは安心、感動、混乱、哀情。どれもこれもがごった煮だったのだろうか。今まであれほど冷静に物事を俯瞰しようと、分析しようとばかりしていた自分の心が、思考が。まったくと言っていいほど読み取れなかった。言語化出来なかった。

何故なのだろう。何故、僕はこの光景に涙するのだろうか。完璧な答えは、何一つ出そうにもなかった。


ただ、彼女と一緒に居られたら。

今後も、こうして彼女が、楽しそうに踊る姿を見られたなら。

夜明けなんて、無くても問題ないと。

朝など。もう日なんて、要らないんだと。


その時は、本気でそう思った。


その後、僕達は拠点の公園を訪れていた。

先程のショッピングモールとは割と近しい場所にあったため、数分ほどで到着した。

少女の方を見ると、目が合って相変わらずにこりと笑うのみ。不覚にもどきりとする心臓は、以前よりも随分と喧《やかま》しくなっているように思えた。

彼女には、色々と尋ねたいことが沢山ある。

そう思い話しかけようとした瞬間、少女はたたた、とアスレチックに向かって駆けていってしまう。

飛び乗って、よじ登り、楽しそうに遊んでいる姿を見せてくれる。

ひとまずは、まあいいか、と溜息をつく。

そんな様子の僕のことなど露知らず、少女はこちらに笑いかけ、偶に手を振って、遊具との戯れを楽しんでいた。

少女が何を言いたいのか、何がしたいのか、よく分からなかった。精神的に落ち込んだ自分を見て、童心に返る気持ちの大事さを説いたかったのだろうか。

ただ、今までずっとこの寂れた世界でたった一人の人間だと思い込んで生きていて、自分にとっては孤独の象徴のようにも思い始めていたこの巨大な遊具で、別の人間が愉快に動き回っているのを見ると、少し感慨深いものがあった。

いつの間にか少女は、アスレチックのてっぺんである屋根付きの見張り小屋に、ちょこんと座っていた。

僕も、ひとまずそこに向かうことにした。

少女は足をぶらぶらさせて、体を小さく揺らしていて。登り切った僕は、それに背を向けるような形で座る。

拠点時代にも一度登って見た景色だが、そこから見える景色といえば、遠くに背高のビル達が並ぶだけの無機質な光景しか無く、まったく風情も感じられず興味はそそられなかった。それ以降、もう登ることはなかったのだが。

今は、近くに別の人間が――少女がいるという事実が、確実に自分の中の何かを変化させていた。


改めて、僕は彼女に向き直り、質問攻めを始めた。

君は一体何者なのか。

どうやってライトを光らせたのか。

一体世界に何が起きているのか。

他に人間は居るのか。

そうしたこちらの数々の疑問に対して、少女は言葉のキャッチボールをするつもりは毛頭無さそうであった。

ただ、小首を傾げ、微笑むのみ。

居た堪れない空気が蔓延したところで、僕はとある仮説を打ち立てた。

この女の子こそが、この夜の世界の元凶なのではないかと。

その現実離れした風貌や、特殊な能力も手伝って思い浮かぶのは、宇宙人か、はたまた人型兵器か。僕なんかには到底考えも付かない超科学的で超現実的なアイデアと技術で、この世界を根本から丸ごと変えてしまったのだろうか。そんなSF小説や漫画の読み過ぎと一蹴されてしまいそうな設定ばかりが、口には出せず脳を通過していく。

僕の物騒な思考とは相反して、彼女からは敵意と呼べるような黒い感情や態度の類いは一切感じられない。

いや、未だ分からない。油断した隙をついて、隠していた鋭く研いだ爪や牙を剝くのかもしれない。生き残りが居たぞ、と言わんばかりに。

ただ、それならそれでいいとは思った。もう僕は疲れてしまっていたのだ。この暗闇に蚕食《さんしょく》され切った世界に。何の中身もなく、将来性も何もありはしないただ無意味なこの夜の世界を。この生活を彼女が終わらせてくれるのであれば、それでもいいと思った。

本気で思っていたからこそ、一点の曇りなく包み隠さず、そう伝えた。

だが、その反応は僕が思ったよりも分かりやすく、そして裏目に出てしまった。

少女は初めて、悲しい、という表情を浮かべていたのだ。

淡く色付いた眉を下げて、硝子細工の様な瞳で、明らかに悲しげに僕を見据えているのだ。少女は僕の作り笑いと唇の動きに対して、まじまじと注視するようになった。気まずさを感じてその行動の意義を問うも、何も返ってこない。

暫くして、少女は先程の悲しげな表情からは一転、元気よく笑みを浮かべた。そして、何か思いついたと言わんばかりにアスレチックから勢いよく飛び降りる。かなりの高さがあったが、ふわりとした様子で何事もなく着地する。

少女に対して僕は恐怖心を隠せず、慌ててアスレチックを安全に降り、少女の元に向かう。

言語が、通じていないのか。確かに、異邦人的な雰囲気は感じられる。ひょっとすると彼女は、『喋れない』のかもしれない。精神的もしくは身体的な要因なのか、分からないが可能性としては充分に有り得る。

結局のところ、彼女が一体何者なのかは未だ摑めない。何を考えているのか、何を目的に行動するのか、どんな性格なのか。潤沢なパーソナリティを求めるには、余りに情報が少ない。

ただ恐らく、都合のいい妄想なのかもしれないが、砂漠の中のオアシスのような存在で。この世界における、救済措置のような存在だと思う事で、その場は済ませておくことにした。


そして、僕の新しい生活が始まった。

彼女は、ずっと僕の傍にいてくれた。

孤独や不安は、とうに無意識の内に無くなっていた。

何周目かの夜。彼女も、僕と同じく眠らず食べ物も摂らず、疲れを知らずに生きていける人間なのだと分かった。

更に何周目かの夜。相変わらず、会話は無かった。無かったが、彼女は表情豊かだった。

基本的には、笑顔だった。僕も、この世界に来て笑顔というものを永らく忘れ去っていたような感覚だったが、写鏡、という言葉。ふとあれを思い出した。少しずつ、自分も彼女の行いに対して笑顔を浮かべるようになった気がした。

夜の周期を、共に数え始めた。

当初は砂場で『正』の字を書くことにしていたが、この世界では時折雨が降って無駄になってしまうため、アスレチックの柱に石で傷をつけて書くことにした。電波塔の時間表示はこの場所からでもぎりぎり見えるため、18時になった瞬間に、早い者勝ちでどちらかが付けた。

僕は忘れっぽい性格のようで、彼女に良くリードを許した。リードも何も、そもそもこの勝負に終わりは無いのだろうが。彼女は、勝った時よく笑っていた。

32周目の夜。

電波塔に登ろうとした。今までは余りにも興味がなく惹かれず訪れようとは全く思わなかったが、少女がどうしても行きたそうにするので、仕方なく付き添った。だが、結果は休館日だったのかなんなのか、エレベーターが作動せず、登ることは出来なかった。落ち込む彼女を慰めるように、その丸まった背中を優しく叩いた。

55周目の夜。

良く二人で街を散歩していたが、その日は気分を変えて街を抜け出して少し遠出をした。だが、やはり気分が悪くなる。身体の疲労はまったく感じない筈なのに、何故こんなことになるのだろうか。少女が、心配そうに僕の顔を覗き込んだ。大丈夫だ、と空元気で乗り切る様を見せた。

86周目の夜。

ショッピングモールの飾り付けをした。広場は彼女に任せ、僕は通路等を担当した。相変わらず電気が通っているようには思えないが、彼女のボディランゲージの指示通りに飾り付けをし終えた。そして二人で横並び、モール内を歩く。

そこで彼女が、再び不思議な力を使った。

飾り付けたライトが、彼女が触れている時だけ順々に光っていく。理屈なんかは、どうでも良かった。それが、僕を喜ばせるための行為なんだということは、彼女の優しく楽しそうな笑顔も合わさって、もう疑いようもない事だった。

100周目の夜。

相変わらず何事も無いが、お祝いをした。

不思議そうな少女に対し、100周記念だと、僕は適当に言った。凄く適当だった。キリがいい数字だから、と付け足して適当さを増強した。

それに対して、彼女は、ただ可愛らしく笑うだけだった。僕も、つられて笑った。そこで、記念にと電波塔に登ることをリベンジしようとしたが、やはり何故かエレベーターが動かない。どうやら自分は相当この塔に嫌われているらしい。再び落胆する彼女を励ます一夜だった。

127周目の夜。

初めて、何の前触れもなく、自分から能動的に彼女と手を繋いでみた。特に大きな反応はなく、何処かへ連れてってくれるのだろうか、という期待みたいなものは瞳から読み取れた。初めて出会った時、彼女がそうしてくれたように、いずれ僕も何処かへ連れていくべきだろう。

スポットとして相応しく無いと思っていたいつもの公園は、110周目辺りで少しだけ飾り付けをしていたから、雰囲気は少しはあった。彼女は、よく分かっていないようだった。

184周目の夜。

散歩していると、夜の色がどんどん濃くなっている事に気が付き始めてきた。最初は、濃い紺色という感じの空模様が多かったが、最近は本当に真っ黒という感じだった。グラデーションの雲も、そこまで見なくなってきた。そういえば、夕焼けもいつの間にか見なくなっていた。その事を伝えてみると、一瞬哀しい顔をしたような気もするが、直ぐにとぼけた顔になり、わざとらしく首を傾げるのだった。そんな仕草も、堪らなく愛おしく思えた。

200周目の夜。

お祝いをした。200周記念だと、僕は言った。少女は、成程、と手をぽんと打った。三度目の正直だと言い放ち、電波塔に登ることにした。やはり動かないエレベーターだが、少女の力が関係しているのではないかと僕は伝えた。例えば、彼女の力が色々電気を操作するものだと仮定するなら。実は、エレベーターに乗るのが怖いから、動かなくなっているだけなんじゃないかと。そう伝えると、図星だったようで、分かりやすく目を逸らした。非常階段を使い、登ることにした。何故最初からこの手を思いつかなかったのだろうかと以前の自分を責め立てたが、それもすぐに霧散し、ようやくメインデッキと呼ばれる観覧席に到着。街を一望できる景色に、かなりはしゃぐ少女。だが、やはり高所すぎるのは苦手らしく、窓にはあまり近付かなかった。何にせよ、今夜でようやく彼女との逢い引きらしい逢い引きと相成った。

２２６周目の夜。

彼女が、アスレチックで遊んでいると足を滑らせて墜落しかけた。奇跡的にすぐ下に僕がいたので、キャッチすることが出来た。彼女は重さはほとんど無く、まるで発泡スチロールを抱き込んだような感覚だった。以前までの自分だったら非現実的だと驚いていたに違いない。でも、そんなことはもうどうでも良いほど、彼女の驚き顔と眼が合って、かなり近くで見詰め合っていた。直ぐに下ろし、その後危険だと注意すると、申し訳なさそうな顔はしていた。そもそも僕らには痛覚が無いのだから、注意する事など、正直無い事に、すぐに気がついたが。同時に、それ以降何故か彼女とは目線が合わなくなった。

２５０周目の夜。

今日も今日とて散歩。何度目か、少し久々にこちらから手を繋いでみた。すると、彼女が初めて少し気恥ずかしそうな様子を見せた。新鮮な反応に、僕も何故だか恥ずかしくなって、手を繋いでる間は、お互い眼を合わせることは無かった。結局、手を離したあとも、同じように眼を合わせることは無かった。

２９９周目の夜。

僕は、今までの夜を思い返していた。

言葉はなくとも、僕は彼女と生きてきたのだという。

妙な誇らしさが、心には生まれていた。

明日——この表現が合っているのかは微妙だが——僕は、彼女にきちんと思いを伝えようと思う。

三回目の記念日なのだから。

ただ。

明日を迎えるに当たって、どうしても、気になることがあった。

やはり、勘違いでは無いようだ。

街の点っている電灯の数が、明らかに減っている。

250周目を過ぎたあたりから、露骨に減り始めてきた。

また、車や電車も、もう何処にも走ってはいなかった。いつからだろうか。更に、空の色が濃くなってきた気がした。

特に気にかけないようにしていたが、彼女との散歩の際に暗すぎる場所を歩くのは少し抵抗があった。

街にある電気の供給に、何か異常が出てきたのかもしれない。この世界に起こることは、明らかに常識的では無いのだから。何が起こってもおかしくは無い。

自己完結し、また違う夜に原因を探ってみるかと考えた。


300周目の夜。

時間は直ぐに流れ、あっという間にそれは訪れた。

僕は、ショッピングモールの広場に彼女を連れてきた。
そして。
この世界から抜け出そう、と。
僕はそう言った。
二人で、抜け出して。
抜け出す方法を、今から探して。
必ず見つけだして。
何処までも、一緒に生きて。
一緒に、暮らしていこうと。
彼女の気恥ずかしそうな、でも嬉しそうな。
そんな、彼女の顔が見たくて、僕は。
精一杯、想いを伝えた。

すると。
突如。黒い塊が、彼女の背後に出現した。
黒い塊。そうとしか、言いようがない。
直径5メートルくらいの球体だろうか。
彼女の背後に、皆既日食のような存在感で。

その場に、あった。

僕が言葉を発しようとした瞬間、景色が完全にがらりと変わった。目の前に、彼女はいない。

あるのは、力なく項垂れた電飾と無機質なショーウィンドウ。

どうやら、僕の身体は広場を抜けた通路の奥へと押し出されたらしい。目の前で、気味悪く棘《とげ》を出して蠢く黒い塊の、衝撃によって。

僕の身体は、更に別の場所へと飛ばされる。痛覚が無いため、いやに鈍く妙な脳震盪《のうしんとう》のような状態で、吹き飛んだ全身を転げ回される。弾き飛ばされる。

何度も何度も何度も飛ばされ、何度も何度も何度も何度も必死で立ち上がるを繰り返すも、目の前にあるのは、いつも同じものだった。意志も感情も何も持たない、ただ根源的な『拒絶』が、立ちはだかってくる。


痛覚は相変わらず無いが、ふと全身を見ると衣服は擦れて破れ、肌は切り裂かれ擦り傷だらけになっていた。紛うことなき恐怖の感情が芽生え、ただただ無我夢中で、建物の物陰や奥の路地裏に逃げ込んでいく。

一瞬だけでも撒《ま》けたか、そう思った時、不思議な光景が目に飛び込んでくる。

そこは、街の中だった。自分は、あのショッピングモールから街の中まで飛ばされてきたというのだろうか。

物理法則的にも距離的にも説明が付かない気がしたが、そもそも論である。深く考えても無駄でしかない。

意を決して、物陰から飛び出し、走り抜けていく。

彼女は、無事だろうか。うまく逃げられているか、隠れられているのだろうか。

僕達は、一体何に攻撃されているのだろう。どれだけ考えを張り巡らせようと、心当たりも無いし予測も出来ない。

ただがむしゃらに走り抜けていると、偶然にも彼女と初めて出会った場所である、古い家電屋の前に来ていた。

一瞬。積み上がった幾つかのテレビと、ウィンドウ越しに眼が合った、次の瞬間。

その画面が、一斉に点灯した。

そこには、人間がいた。

正しくは、顔の見えない——自分を襲ってきた黒い塊と似た物体で顔全体を覆われた、人間。

半分砂嵐状態で音声もこもっている上、割れて聞き取りづらいが、どうやらニュース番組が映されているらしい。

久方振りの自分以外の人間の声が耳に飛び込んできたせいか、思わず聞き込んでしまう。

『本日未明……市内モール……飛び降……ましたが……電飾……引っか……かろう……

命を取り留……意識不明の重……』

所々ぶつ切りにされた音声と、映し出された見覚えのある景色や、一瞬飛び込む血痕。

その報道の意味について、何かを思考する前に。

僕の身体は、とてつもない衝撃と共に地面でバウンドし、前方へと弾き飛ばされていた。

背後から、思い切り攻撃を受けたらしい。

顔面の骨のどこかが明らかに粉砕した感覚を味わう。

すぐさま腕を叩きつけ、立ち上がるも。

目の前にはチェックメイトと言わんばかりに、黒い塊が、ただそこに在った。

それは幾つもの棘を出し入れし、自身の幅を広げるかのように更に大きさを増している。

勢いよく壁に叩きつけられた、ペンキのように。

空間にぽっかりと空いた、穴のように。

すべてを吸引するブラックホールのように。

大口を開けた、いや、口そのもので出来た怪物のように。

まるで、僕を丸ごと飲み込もうとしているかのように。

急ぎ背を向けて逃げようとするが、黒い塊の伸ばしてきた棘が、トリモチのように身体にまとわりついてきた。

一心不乱に抵抗するが、嘲笑《あざわら》うかのように粘着する棘の数を増やしていく。無駄な抵抗と咆哮《ほうこう》が高層ビルを反射し、虚しく飲み込んでいく。ぼやけた視界に映るのは、先程観たものと同じニュース映像が流れる、ビルに埋め込まれた大型のディスプレイ。

そして。その前に、少女がいた。

まるでスイッチを入れた瞬間につく光の様に。

目の前に、ただ少女が在った。

どうやってここまで来たのか、何故そこにいるのか、など。今は心底どうでもよかった。

この黒い塊の原因は、目の前にあるということが。

状況的に、感覚的に、自然的に、解ってしまった。

自身の双眸に映るのは、一回だけしか見たことの無い、哀しい表情。

ただ、その時よりも、更に深い哀しみに覆われた表情に見えた。

その理由は、分からない。

分からないが、そんな顔をして欲しくはなかった。

見たくない。

そんな顔は、見たくない。
僕は刹那、奥底で唱え続ける。

僕は、君と生きていきたいと思ったから、たくさんの夜を越えてきた。
夜を生きる希望を、見つけることが出来たんだ。
もう、助けてくれとは言わない。
たくさん君からは貰った。
感謝しかしていない。
でも、こんな終わりは求めちゃいない。
求めちゃいないんだ。
だから、何か言ってくれ。
そんな顔をしないでくれ。
ずぶずぶ、と。まとわりつく闇が腕のように全身を摑み。
そして、引きずり込んでいく。
お願いだ。何か、言葉を掛けてくれ。
たった一言でいいから。君の声が聞きたい。

そして。彼女が、指差した。

その先には、この街のランドマークである電波塔があった。


だから、なんだと言うのか。

君は、僕を拒絶したのか。その上、あの塔を指さして。

もう眼にも入れたくない。何度見たか分からない。

忌まわしき時間を示す塔。夜を繰り返している、ループしている事実を無理やり教えてくる、ただそれだけの塔。

ただぽつんと立ち尽くしただけの、僕に絶望しか与えないだけの、無能で無価値な電波塔。

あれがなんだと言うのか。

僕が、それみたいだとでも言うのか。

何の価値もなく、誰からも必要とされず、ただ変わっていない事だけを求められるような、そんな僕が。

君の、大切にはなれないのか。

僕は、君にとって大切ではなかったのか。

それなら、何でそんな今にも泣きそうな顔をするんだ。


教えて欲しい。

今だからこそ。僕が、今からこの世界から消えてしまうのだとしても。ここで君と出会えたことを、ずっと。

ずっと忘れないようにするためにも。

君の名前が知りたい。

君の名前を、教えて欲しい。

僕は叫んだ。力の限り、喉を震わせた。

そして、返ってきた言葉は。


「さ、よ」


さよ。サヨ、小夜。

およそ似つかわしくない文字列が、頭のなかで閃光の様に並んでは消えていく。

だが、そんな変換がとてつもなく無価値であることを、僕は知る。思い知る。

それが、名前を示した言葉では無いということを。僕は次の瞬間に。

残酷な程に、知った。


「さよなら」

彼女は笑って、そして泣いて。

そう言った。


僕の意識は、深い闇の中に落ちて。

そうして、夜が去った。


瞼が裂けて、呼吸が爆ぜた。

脈動する感情と心臓を確かに感じながら、柔らかな何かに体が沈んでいる感覚も同時に芽生えた。

雫が一筋、頬を転がっていった。

ベッドの上。それは確かだった。

視界には、夜も街も映っていなかった。

ただ薄暗い天井が、無機質な顔で僕の姿を見下していた。

少女の事を考えるよりも先に。

途端、異質なものばかりが眼に飛び込む。

自身の手足を包む巨大なギプス、点滴。

何か薬液のような独特の匂いが、鼻腔《びくう》を犯してくる。

そして、医療用の防護服のようなものを纏った人間が数人、僕を取り囲んだ。

大声で、色々と話し合っていた。何を言っているのかは、良く聞き取れない。僕がここに居ることが、何かおかしいのだろうか。

視界も聴力も不十分であったが、痛覚はあった。

全身がじりじりと焦がされていくような痛みがある。

特に頭、足が割れるように痛い。逆に、右手には何一つ感覚が無い。

自身の身体が異常事態に晒されていることは火を見るより明らかであった。

その後は、痛みで再び意識が朦朧《もうろう》としていてよく覚えていないが——別の部屋へと僕の身は運ばれた。

飛び交う防護服の集団に、辺りに様々な機械が密集する場所で、全身をくまなく確認されて。

何度か嘔吐《おうと》や気絶もしたようだ。酸味を帯びた嫌悪感が、喉の奥から臍《へそ》に至るまで這《は》いずり回っていた。

それから、どれぐらい時間が経ったか解らないが。

長時間の疲労と暴走と疑問との格闘の末、ようやく、僕の肉体と精神は自由の身になった。

——ここは、病院です。

再び病室に戻されて、落ち着いた僕を前に、男の医師が物腰柔らかに説明し始めた。防護服越しではなく、生身で向かい合っていた。少女以外の人間と目を合わせる行為自体が、余りにも、久々の感覚だった。

——何があったか覚えていますか？

僕は彼の言葉に対して、何も言えなかった。

それは当然、自身が何故病院にいるのか心当たりがあるからだ。

僕が天国にも地獄にも行けなかったのであるならば、奇跡的に生き延びてしまったのならば。

生き長らえてしまったのならば。

当然、この場所に居るはずなのだから。

医師は、〝この現実世界の僕自身に〟何が起きたのかすべて解って悟っている僕の様子を気遣いつつ、信じられないかもしれないですがと前置きし、語り始めた。

病名、ナイトルール症候群。通称、〝夜〟。

僕の身体と精神は、その病気によって蝕《むしば》まれていたらしい。

10年前より全世界的に患者が発見されているが、症例が非常に少なく、感染経路、そもそもウイルス感染によるものかもまったくの不明。日本でも数年前から難病指定にされたが、世間での認知度はそこまで高くないという。現に、自分は知らなかった。国内では3人目の患者と聞かされた。

症状が他難病と比べても余りに特殊ケースかつ、非科学的で未解明部分が多いそうだ。

症状の第一段階として、発症者は意識を完全に失い、深い睡眠状態に陥る。

生命活動は問題なく行われ、脳や心臓の動きも緩やかで特に影響はない。極端に言ってしまえば、所謂ノンレム睡眠状態に近い、とのことだ。

しかし、その後体内細胞及び皮膚細胞に墨のような〝黒ずみ〟が発生。生命活動には特に影響なく、ただ黒ずみが皮膚全体に広がっていく。

第二段階で、体内にも黒ずみが進行し、末期になると最終的に血管、臓器及び脳に至るまで、全身が闇に飲み込まれたかのように黒く染まる。

その後の経過を観察すると、燃焼が終わった炭のようにぼろぼろと崩れて、消滅するらしい。

霧散という言葉が似つかわしく、その場から跡形も無くなるとの事で、前置きされた言葉に相応しい末路が待っていた。

黒ずみの成分を分析するも、現段階でも未知の物質であり、宿主の身体を離れた数秒後に文字通り消滅するため、採取及び保存も不可能。これまで国々が名を挙げて資金をつぎ込み、様々な検査や実験が散々執り行われたがすべて徒労に終わる。治療や手術も不可能で、特効薬及びワクチンの開発もまったく進まない状況。発症もきっかけ及び理由すべて不明。自然回復を待つしかない現状で、医療関連学会が総じて音《ね》を上げる病であるとのこと。

ところが発症者のうち何人かは完全回復し、この黒ずみが身体中から跡形もなく消え去るらしい。そして理屈は不明だが、抗体が出来るようであり、全身の黒ずみはひとつ残らず消滅し、その後病の再発例は過去一度も無い。君がその内の一人だ、と知らされる。

すべてが信じ難い話だが、冗談を言うような、言えるような雰囲気ではない。

そして、更に有り得なくて非現実的な——だが今まで確かに経験してきた話が、僕の心を揺さぶる。

数限られた回復後の患者にヒアリングすると、皆等しく『夜を繰り返す世界』で生きてきたと答えたという。

全体の回答を纏めたところ、その対象者の精神構造の一部がそのまま夜の世界にて顕現するようだ。精神と記憶の関係性は未解明だが、結局精神の引き継ぎが行われるだけのようで、現世での記憶部分については曖昧《あいまい》な部分が多い。また全体的に、悲観的で希死念慮・厭世観を持つ者が傾向として多かったとのこと。

そして更に驚くべきことは、ロケーションは各々違えど発症した人間はもれなく全員、その夜だけを繰り返す世界で、『とある少女』を見たと答えているということだった。

また、別の発症者の姿を発見した例もあったという。

これにより、『夜の世界』が患者全員の脳内にて共有される世界であることが、仮説として挙げられた。

少女の姿格好はかなり浮いており、人によっては異星人のように見えたり、異人のように見えたりする。こちらの言葉には理解を示し、非常に友好的である。以前までは言葉を話すことが確認出来たが、最近では自由に言葉を話せなくなっている。

また同様に、最近の症例では夜の世界の異常が確認出来たとのこと。それまでの発症者の語る世界では現実世界と同じく人間が沢山いたが、最近では忽然と消えてしまったという。その代わり、建物の灯りや乗り物等の灯りは点いたまま――つまり、自分以外の人間がすべて透明になってしまったかのような状態に陥ったとのこと。


そこで一旦、僕は医師の話を打ち切った。

少女について、何かを聞き出したかったのだ。

そして医師が語る内容は、僕が期待したようなものではなく、あまりに絶望的だった。

少女は今も尚、この現実世界に実在するという。

ただし、都内の医療機関にて、今も尚治療中とは名ばかりの放置、観察状態であると。

そう。その少女も同じく『夜』を患っているのだ。

ただ自分達他の発症者との差は、黒ずみの進行が非常に遅く、栄養剤及び排泄も必要ないという、極めて非現実的かつ人間離れした状態であるとのこと。

ただ、発症が確認されてからおよそ10年、一度も目覚めていない。その他のケースでは、発症してから全身に黒ずみが渡るまで、平均で一週間程であるとのことから——因みに僕は発症が確認されて治癒まで三日間であった——その時間は、余りにも異常であることが分かる。

ただ。現状、もう長くはないと言われているそうだ。

とうとう、脳の一部と心臓以外は、すべて黒ずんでしまっているらしい。

残すは、その二箇所程であると。助かる見込みは、絶望的だと。

これ迄の発症者の話、及び夜の世界の崩壊を踏まえて、少女と夜の世界は、結び付きが強く共依存の関係となっていると考えられていた。僕の夜の世界での経験も話したところ、その仮説はかなり補強されると医師は表情ひとつ変えず話していた。

残酷な話ではあるが、医師にとっては彼女自身が『夜』そのものであるという見解らしい。その彼女がもし消滅してしまうのであれば、この『夜』の病も、同様に消えるのでないかと。

そういった、希望的観測を抱くことしか出来ないこの状況が、医師としてあまりに不甲斐ない状況であると無表情で嘆いていた。

すべてを聞き終えた僕にとっては、医師らの辛酸など、心底どうでもよかった。

自分がこの世界でどういう人間だったのか、何をして現在こうなっているのかなどの記憶も、今後訪れる可能性があることや、滾々《こんこん》と湧いてくる考えもすべて、やはりどうでもよかった。一度捨てようとしたものに対して、もう執着が湧くことは無かった。

この世界には、僕の居場所はない。夜の世界でだけ、僕は僕であれた。

その思考は、一種の呪いのように僕の心にへばりついていた。

尚ぽつぽつと喋り続ける医師から目を逸らし、近くの窓を見た。

陰鬱な色をした空に、溶け込むように白い帳が上がりかけていた。無機なコンクリート群に埋め込まれた灯火の火種が、ゆったりと温かさを纏っていく。

つい先程まで二人でずっと待ち望んでいた筈の光景に、僕は酷く胸が締め付けられる感覚を覚えた。

この痛みと苦しみは、誰にも分からない。

きっと、誰も信じやしない。

故に、誰とも分かり合う必要もない。

医師が、『夜』についてくれぐれも口外すること無きようお願いしたいと申し出てきた。人々の無駄な混乱を未然に防ぐ処置であるとのことだった。

僕はすぐさま頷いた。ただ黙って、従順に、頷いた。

すべてを抱え込んだまま、生活は過ぎていく。

何の成果も無い後日譚《ごじつたん》として。

因果応報というべきか、かなり不自由な日々を強いられたが、何とか日常生活を送れる程に回復できた。普段人に感謝をしない自分であるが、こればかりはリハビリのスタッフにささやかなる恩情を抱く他なかった。

退院してから半年後。僕は、久しく夜の街を歩いていた。

辺りは、見慣れた上に何度も探索した光景ばかりが広がっている。違うべきは、夜の世界に行く前よりも思っていた以上に騒々しく臭く眩《まばゆ》かったことか。


目指すべき場所は、電波塔だった。今までの自分であれば、縁もゆかりも無い、決して向かうことの無い場所だった。

観覧チケット発券の受付で、『LUNA TOWER GUIDE BOOK』と書かれたパンフレットを受け取る。

そこに書かれていた説明を読むに、街を一望出来る地上から高さ150メートルのメインデッキからの景色、そして250メートル地点のトップデッキでの回廊は星や月をイメージしたLED照明やイルミネーションが特別な夜を演出する――改めて、自身にとってこのロケーションが無縁であることを認識する。

エレベーターに乗り、メインデッキの展望台まで上がってみる。多くの子連れやカップルなど、人でごった返している。

その隙間を縫って、巨大な窓側へと近付く。

何処までも広がっているように見える街の光が、目を乾かしていく。多くの人や働きや繋がりが生み出すその灯火たちは、どれも何の感情もなくすべてを照らしていて。この場にいる人達を、観る人を皆夢中にさせていて。

僕自身も率直な気持ちで、多少の思い出補正というのがあるとしても。

綺麗だ、とぽつりと思った。


最後に夜の世界で、少女がこの電波塔を指さした。

その理由だけが、どうしても気になっていた。

パンフレットの表紙を見て、僕が夜の世界からいなくなる直前の彼女への疑問と合わさってひとつの答えに辿り着いた。そうするとあの世界から離れる直前に僕が考えた酷い言葉達を、すべて否定したい気持ちに駆られたが。

彼女が言いたかったことは、きっとそれだけではないのだと。そう思うことにした。

ひとつの答えを出して終わらせるということを、終わらせようと思った。

そしてもう一つの目玉らしいトップデッキには向かわず、すぐにエレベーターに乗って下へと向かった。

やはり今の自分には、ここは相応しく無かった。

誰よりも高く、爛々と青く輝く塔を後に、また歩き始めた。

巨大なアスレチックの頂上。そこでただ緩やかな風に当たりながら、こんな夜遅くでも未だ賑わう街を遠目に見つめていた。何故だか、妙に落ち着いた。

柱には、何の傷跡も無かった。分かっていた。分かってはいたが、あの夜の世界はこの現実と物理的にリンクしている訳では無い。

だからこそ、もうその選択肢以外は無いのだと、痛いほどに分かっていた。分かってはいた。

でも、分かりたくなかった。

なんでもない時間。
忘れようとした時間。
忘れられなかった時間。
結局、生きていこうと思った時間。
ずっと待って。この世界で、ずっと君を待っても意味が無いとしたら。
ある事をいつか試してみて、また会えるなら。
そんな事がもし、可能であるならば。ぎゅっと、服の上から心臓を押さえた。
いや、きっと出来ないだろう。

でも、そんな事を考える時間ですら、僕が生きていくために必要な時間だ。
拭っても拭ってもちっとも消えない今の僕の厭世観の中で、唯一光っているものは。
あの世界で君から気付かされたことは。
きっと、もう僕ら以外は誰も知り得ない。
終わることは無い。

すべてを飲み込むような暗鬱な夜空に、白靄《しろもや》が染み込んでいく。
静寂と浮遊感に塗れた心に、ある種の心地好さを覚えた。

「さよなら」

僕はそう言って笑った。そして、泣いた。
そして言葉通りでは全くなく、目が覚めて。

この世界は、当然のように朝になった。

夜に、私は参っていた。


そう思えたのは、何周目以来だっただろう。

もう、数えることはやめている。

何をしても、無駄と分かっているからだ。

すでに、辺りは何も無い。光も、音も、何もかもが無くて。

ただ、暗闇だった。

すべて無駄だと分かっているのに、何故こんな思考をしてしまうんだろう。

それ程までに、このもうすぐ終わってしまう世界は退屈で窮屈で余りにも弱々しかった。

初めは、この世界のことは手に取るようにわかった。

この世界は、私を摑んで離さない。

と言うよりも、私がそれを選んだ。

自分以外の人が、この世界に囚われるのは間違っていると思ったからだ。

私以外の人が、あまりにも苦しそうだったから。それは間違いだと思った。思い込んだ。

迷い込んだ人は、みんな似ていた。

私は、その人が覚えていないことや、どんな生き方をしてきたのか、どうして世界から逃げたいと思ったのか、全部わかってしまった。

そして、どんなことだって出来た。

その人たちがこの世界から抜け出そうと思えるきっかけになるなら、なんだって出来た。

ただそれだけが、自分の生きる理由なんだと。

もうその苦しみなんてとっくに忘れてしまったけど——前の世界では見つけられなかった、生きていく意味なんだと。そう自分を縛り付けていた。

それが、ただの偽善だって思われていたとしても。

誰かには、届いているといいなと。そんな思考も、もうすぐ跡形もなくなってしまうというのに。


そう。この世界は、もうすぐ終わる。

私の身体がもたないから。

最近なにもできなくなってきたから、わかった。

終わったあとはどうなるのだろう。

また、新しい世界が出来るのだろうか。

私のように、世界に気に入られる人が生まれるんだろうか。

そして、私をこの世界に繋ぎ止めるための犠牲者が、また生まれるんだろうか。

何にせよ、皆幸せならいいな。

幸せに生きていこうって、思ってくれるといいな。

自分が優れた人間なんだって思わなくてもいいから。

優れた人間になれないってわかってもいいから。

ずっとやめてほしくないな。生きていくことを。

目を閉じようかなと、何度か思った。

そもそも、辺りが真っ暗だから、もう既に目を閉じているのと同じなんじゃないかと思う。

でも、きっとそういうことじゃなく。

本当の、おやすみが出来るだろうから。

もう、ずっと起きていることに疲れたから。

そろそろだと、本気でそう思っていた。


その時。

遠くに、確かに何かが見えた。

暗闇の中に、何か光るものが。

ゆっくりと、錆びた鉱《ぶりき》の玩具みたいな動きで、その光に向かって歩いていく。

どんどん、身体の一部がぼろぼろと崩れていくみたいな感覚だった。
でも、諦めずに歩いた。

すると。
そこには、見知った顔の男の子が、いた。
私は吃驚《びっくり》して、話しかけようとした。
でももう声は、どれだけ振り絞っても出ない。
彼に、ただひとこと別れの言葉を告げた時から、もう出ることは無い。
咄嗟《とっさ》に、ぎこちない動きで身振り手振りする。

彼はそんな私の様子を、とても優しそうな目で見据えていた。
そして彼は、笑った。自分の胸に手を置いて。
高揚しているような様子で。
本当にうまくいった、と。
賭けに勝った、と。
その言葉の意味は、わかるようでわからなかった。
ただわかったのは、彼が私に会いに来てくれたのだということ。
もう終わる私に、会いに来てくれたのだということ。

彼も、もうすぐ終わるんだ。
一緒に、終わるんだ。
気のせいかもしれないけれど。
私の身体の中で、彼の温もりを感じたような気がした。

私の目から、何故か涙がこぼれた。
もう、何も出ないはずだったのに。
温度も光も失って、出来損ないの、身体になったはずだったのに。
まだ、自分からこんなあたたかい何かが出るなんて。
私は、口を開いた。
声は出ないけど、ゆっくりと。確かめるように、口を開く。

寂しかった。

私は、そう言った。言葉なんかなくとも。
触れてなんかなくとも。
彼には、きっとそれがわかった。

僕も同じだ、と。彼は言った。
私たちは、笑いあった。
一瞬だけ、辺りがあの日二人でよく過ごした公園になったような気がした。
そして、もうそこには誰もいなかった。
私も、彼も。誰もいない。
ただの、大きなアスレチックがある公園で。
そして、夜が。
夜が去った。
何もかもが去って。
「おはよう」と。
「おやすみ」を。
改めて二人は、伝えあって。
この世界が、目を覚まして。

そして、朝になった。

あとがき

はじめまして、煮ル果実と申します。

此の度は自身の処女作である短編小説集ポム・プリゾニエールを、お手に取ってご覧頂きまして誠にありがとうございます。

小説の世界では見慣れない方もいらっしゃると思いますので、「はじめまして」とご挨拶させていただきましたが、普段自身は音楽制作を主軸に活動しております。活動開始からもうじき6年が経とうとしており、自分としては非常に充実したペースで制作しておりますが、どれだけ経とうと様々な想いや内容を詰め込んだ作品を多くの方々へと届ける事は未だに慣れるものではなく、すべてが『縁』の連続で。またそこに当たり前といった言葉は一切無く、常に奇跡のようなものだと日々感じながら生きております。

話は少し変わりますが、実は自分はオリジナルの音楽を作り始める以前に、小説家に憧れ、成りたいと夢見ていた時があります。物語やキャラクターを生み出すのが好きで、幾つも自作の小説を書き溜めていました。著名な小説投稿サイトで公開したり、同じ趣味を持つ友人と見せ合いをしたり等、個人で小規模に楽しんでおりましたが、結局の所しっかり最後まで満足に書ききった作品というのはひとつもありませんでした。

その為、久々に意欲が湧き上がり執筆を開始した際に、きちんと終わらせられるかという部分については正直不安でした。自分の中にある、音楽制作時とは少し違うチャンネルや引き出しを使い分けながら、先行きの見えない暗闇の中で正誤の無い文章を重ねて連ねていく恐ろしい感覚でした。ただこのせっかく生まれた稀有な熱を冷ましてはいけないと、勢いのまま行った執筆の末、記念すべき初の完結作品となったのが『ナイトルール』でした。この作品は同名の自身の楽曲と、映像クリエイターさんに制作いただいたミュージックビデオに影響を受け再解釈を施し書いた、いわばパラレルワールド的な要素を含んだ新しい物語です。

この物語をホームページにて公開したところ、それを読んだ編集者様から「他のお話も書いてみませんか」とお声掛けいただいたのが、このポム・プリゾニエールを創り始める切っ掛けとなりました。

話は戻りますが、これらもすべて日々自分が感じている奇跡がもたらしたものだと思います。そこから生じた『縁』が自身の心を突き動かし、新たな世界を創り出し未来へと繋ぎ、そうして数年越しに小説家として夢を叶えることが出来ました。

この短編集では「抜け出すこと」をキーワードに、3作品それぞれ違った文体・アプローチで人間、及び世界を描きました。ポム・プリゾニエールというタイトルについては、数年前偶然訪れたレストランにてブランデーの瓶内に囚われた林檎の実を見て不思議に思い、ウェイターさんに尋ねたところ豆知識として教えて貰い知った事で、いつかどこかで使いたいとずっと温めていた名称です。各話のタイトルと根底にあるテーマや世界観は、自分がこれまでにリリースした同名楽曲とも一部共通していますが、ミュージックビデオや歌詞に登場するキャラクター達とは異なる人物を登場させ、全く新しい、誰でも新鮮に読める物語として書き下ろしました。

理由としては、自身の作品に限りますが、ミュージックビデオに登場するキャラクター達の性格や口調等は、可能な限り聴く人観る人それぞれの解釈に委ねたいと思った為、安易に登場させて決められた台詞を付けて喋らせたくは無かったからです。また、自分の音楽や映像作品の予備知識が一切無くとも、誰が読んでも充分に楽しめる内容にしたかったのです。同時に、予備知識がある方であればより楽しめる内容にもしたいという、非常に強欲な手法を取りました。

そうした自身の拘りとも我儘とも言えるような表現を寛大に許して下さり、自由に伸び伸びと書かせて下さった編集者様には大変感謝しております。また数ヶ月にもわたり、ずっと根気強く至らなさに落ち込む自身を励まし時にはアイデア出しにもご協力いただき、熱意を以て寄り添って下さった事。いつも音楽及び小説の内容をお褒めいただき、愛を伝えて下さった事も、すべてにおいて感謝しております。そのお陰でモチベーションを保ち、ここまで辿り着けたと言っても過言ではありません。あなたからのお声掛けじゃなければ、自分はこうして本を書く事も出す事もしていなかったと思います。出来なかったと思います。

そしてデザイナーさん、イラストレーターさん。作品の意図や想いを汲み取った素敵な装丁、遊び心ある要素をデザインに組み込んで下さり本当にありがとうございます。どこを見ても洗練されて拘り抜かれたものとなっており、宝物の様な一冊に仕上がりました。とてもお気に入りです。

人生の貴重な時間を自分と共にして下さった読者様、いつも音楽・映像作品を聴いて観て下さる視聴者様。皆様の御声援のお陰で、自分は新たなステージにてまた表現を拡張する事が出来ました。

結局の所、皆様に喜んで貰えたり反応を頂けたりする度に自分が自分である意味、存在する意味を痛感する毎日です。感謝の念に堪えません。

最後に、本書の制作及び発売に携わり関わったすべての皆様に、この場を借りて御礼申し上げます。本当にありがとうございました。

これからも自分はひたすら自由に、ただスパイスに喜怒哀楽を混ぜる事だけは決して忘れずに、様々な物や感情を作品に落とし込み世に出していきたいと思います。

本書と共に、今後とも末永くよろしくお願い致します。

ポム・プリゾニエール

2024年1月22日　初版発行

著　者　煮《に》ル果実《かじつ》

発行者　山下 直久

発　行　株式会社KADOKAWA
〒102-8177　東京都千代田区富士見2-13-3
電話0570-002-301（ナビダイヤル）

印刷所　TOPPAN株式会社

製本所　TOPPAN株式会社

本書の無断複製（コピー、スキャン、デジタル化等）並びに無断複製物の譲渡および配信は、著作権法上での例外を除き禁じられています。
また、本書を代行業者等の第三者に依頼して複製する行為は、たとえ個人や家庭内での利用であっても一切認められておりません。

◯お問い合わせ
https://www.kadokawa.co.jp/（「お問い合わせ」へお進みください）
※内容によっては、お答えできない場合があります。
※サポートは日本国内のみとさせていただきます。
※Japanese text only

定価はカバーに表示してあります。
©NILFRUITS 2024 Printed in Japan
ISBN 978-4-04-897609-1　C0093
NexTone PB000054464号